# はじめましてでプロポーズ!?

## 交際０日なのにスパダリ御曹司の甘やかしが止まりません！

★



ルネッタⓁブックス

CONTENTS



Lunetta

# プロローグ

絵本に出てくるような森の中のチャペルで、一組の結婚式が挙げられた。

豊かな緑と真っ白な建物、青い空のコントラストは清々《すがすが》しいほど美しい。

綺麗《きれい》に整備された芝生の中央で開かれたガーデンパーティーは、ピンクと黄色がメインカラーなのだろう。いたるところに同色の花がふんだんに飾られて華やかだ。

リボンと風船が賑《にぎ》やかで可愛らしく、真っ白なテーブルクロスにはピンク色の薔薇が飾られている。清涼感が漂う水色のドリンクは炭酸飲料なのかしゅわしゅわと泡が弾けていた。

この場に子供はふたりだけ。少年は自分よりも小さな少女に目を留めた。

まだ四～五歳ほどだろう。水色の炭酸飲料を口にして目を輝かせている。

その素直な表情を見ていると、大人ばかりの場で少しばかりつまらなく思っていた気持ちが和らいだ。

お姫様のようなピンクのドレスを着て、髪の毛も可愛《かわい》くアレンジしている。ふわふわしたドレスがよく似合っていた。

食事を終えて新しい飲み物を取りに行ったとき。誰かにクイッと服の裾を引っ張られた。

『ねえ！　けっこんしきごっこしよう！』

『え？』

先ほど見かけた女の子だ。彼女は迷いなく彼の手をどこかへ引っ張っていく。

大人たちからはぐれて連れて行かれたのはチャペルだ。真っ白な外壁が美しくて青空によく映えている。どうやら扉は施錠されていないようだ。

ふたりでこっそり中を覗《のぞ》く。大きな窓から見える外の木々に圧倒されそうだ。豊かな緑とステンドグラスが幻想的で、まるでここは妖精の住処《すみか》のよう。

『ね、ふたりであるこう！』

少女は彼の手を引っ張ったまま堂々とウエディングアイルを歩こうとする。

『え？　ふたりで歩くの？　でも勝手に入ったら怒られちゃうよ』

『おこられたら、いっしょに「ごめんなさい」したらだいじょうぶ』

あまりに堂々と言われて笑いそうになるが、彼はもうひとつ気づいたことを告げた。

『それにここはお父さんと歩くんじゃないかな』

まずは新郎が入場し、新婦は父親とともに後から入場するはずだ。

その説明を聞いた少女は不満そうに唇を尖《とが》らせた。

『え～？　パパと？　パパはいいよ！』

父親は不在で問題ないと宣言したため、彼は堪えきれずに笑いだした。父親が少々不憫《ふびん》に思えるが仕方ない。

『そっか。じゃあふたりきりの秘密ね』

『うん、あっちまでいこう！』

少女は祭壇を指差して、ウエディングアイルを歩いていく。繋《つな》いだ手を振って歩くのがいかにも子供らしくて、彼はふたたび小さく笑った。

『あれ、つぎはどうするんだっけ？』

『次は指輪の交換かな？』

『ひばり、ゆびわもってない』

――ひばりちゃんと言うのか。

大空を自由に飛ぶ鳥のイメージとぴったりだ。彼女の明るい笑顔に癒やされる。

『じゃあ、ゆびわのつぎは？』

『確か花嫁のベールをめくって、誓いのキスじゃないかな』

『そう、ベール！』

ひばりはドレスのポケットから白いハンカチを取り出した。縁にはレースがついている。ベールの代用として使用するつもりなのだろう。

彼女は頭にハンカチをかぶせてニコッと笑った。女の子は本当にごっこ遊びが好きなのだと思わされる。

『じゃあちかいのキスね』

『え⁉』

目を閉じてじっと待たれる。このごっこ遊びはどこまで付き合うべきか。

長い沈黙後、彼はようやく頬《ほお》に口づけた。ぷにぷにしたほっぺたの感触が唇から伝わり、子供心にドキッとする。

勇気を出したというのに少女はご立腹のようだ。『それ、ちがう！』と腹を立てている。

次の瞬間、ひばりは背伸びをして彼の唇にチョン、と触れた。

『……っ！』

はじめてのキスは柔らかくて、そしてなにより戸惑いが強い。

顔が熱い。情けないほど真っ赤になっているだろう。

『ひばりちゃん……口はダメだよ』

『なんで？』

『なんでって、恋人同士がするものだし、誓いのキスは嘘《うそ》じゃダメなんだよ』

誓いのキスは新郎新婦が行う神聖な儀式だ。軽はずみな真似《まね》をするべきではない。

『でももうしちゃった』

『う……ん、そうだね』

『じゃあ、ほんものにしたらだいじょうぶだね！』

『え？』

いつか大人になったらもう一度誓いのキスをすればいい。そうしたら今のも嘘ではなくなる。

その言い分は正しくもあるが、それではまるで女の子から結婚の約束をされたようなものではないか。

びっくりして固まっていると、ひばりは彼の手を取ってチャペルの外へ連れ出した。

『つぎはブーケつくろう！』

どこまでも自由な少女に振り回されるが、不思議と嫌ではない。

――誓いのキスを本物に？

……なるほど。それはアリかもしれない。

少年の心の奥になにかの種が芽吹いた瞬間だった。

# 第一章

昔から結婚式を挙げるのが夢だった。

子供の頃に一度だけ参列した結婚式で、純白のウエディングドレスを美しく着こなした幸せな花嫁に猛烈に憧れたから。

いつか式を挙げるなら絶対に大安吉日のジューンブライドを狙いたい。

縁起のいい日に誰からも祝福される花嫁になりたくて、交際相手にプロポーズをされた直後に式場探しと予約を頑張った。

そして奇跡的に予約が取れた六月の大安吉日の結婚式まで残り一か月に迫った土曜日のお昼時に、私、志葉崎《しばさき》ひばりは、婚約者の柳内圭太《やなうちけいた》から予想外の発言を受けていた。

「俺たち別れよう」

「……は？」

カフェでコーヒーを注文したばかりだというのに、場にそぐわない台詞《せりふ》が頭をすり抜けた。

「ちょっと待って、理解できない。結婚式は来月だよ？　いきなり別れるってどういうこと」

大学の頃から付き合って六年。去年のクリスマスにプロポーズをされてから早半年。そして来月には念願だった結婚式を挙げるというタイミングで、信じたくないけれどこの男は私を振ったというのか。

「俺さ、子供ができたみたいなんだ」

「……へえ、圭太に子宮があったなんて驚きだわ」

「俺じゃなくて、俺の浮気相手が」

「……」

今、浮気相手って言った？

私は今、自分でもわかるほど能面になっている。

「……こんな悪趣味な冗談を許せるほどお人よしじゃない」

言われたことがショックすぎて血の気が引きそう。でも感情とは別に、頭は冷静に対応しようとしている。ここで戦わなければ、相手のいいように都合よく処理されてしまうから。

水の入ったグラスをギュッと握りしめる。こういうときになにをするべきかを考えて、スマホを操作して録音を開始した。なにを言われるかわからないから証拠は大事だ。

堂々とスマホをカフェのテーブルに置いた。

時系列順に説明を求めたが、今年に入ってから浮気をしていたなんて知りたくなかった。

しかも三月に出張先に連れて行った後輩女子とだなんて、どんなエロコンテンツのシチュエーションよ！

「……ありえない。私と婚約してから手を出したの？　しかも子供ができたからそっちと結婚するとか……はあ？　責任をとるためってなに？」

交際相手が浮気して破局なんてよくある話だけど、まさか婚約後に起こるなんて考えたこともなかった。

はじめて圭太を祖母に紹介したときは、「顔がよくて社交的で口がうまい男は浮気をしても器用に隠すから気を付けなさい」と言われたけれど。……もしかして祖母は女の勘とやらで見抜いていたんだろうか。

「だって俺の子だと言われたら責任取るしかないだろう？」

それなら私に対する責任はどこ行った。プロポーズの責任はなしか！

「それで？　来月の結婚式はその彼女と挙げたいから私に身を引けって言ってるの？　私がずっと準備してきた結婚式も譲れだなんて、非常識にも程があるわ」

「……お待たせしました」

店員さんが小声でコーヒーを置いていった。タイミングを見計らっていたのだとしたら気を遣わせてしまって申し訳ない。

ここしばらくは圭太と忙しくてなかなか会えなかったから今日はお気に入りの服を着て、買ったばかりの口紅を塗ったというのに。惨めすぎて笑えない。

「俺は元々、結婚式はしなくていいと思ってたんだ。でもひばりがしたいって言うから」

「なにそれ。私のわがままに付き合わされただけって言いたいの？　自分だって乗り気だったのに。それに、そっちが都内で挙げたいって言うから、私はずっと憧れてたチャペルを諦めたんだよ？」

「だって親や会社の人を呼ぶなら近い方がいいだろう」

わざわざ新幹線で行くところを選ぶより、大勢の人が集まりやすい場所で挙げるべきだと言われて押し切られたのだ。それには渋々納得したけれど、本当は子供の頃に憧れたチャペルで挙げたかった。

……でもハイエナに奪われる羽目になったのなら、妥協した場所でよかったけれど。

「俺だってひばりには申し訳ないと思ってる。まさかこんなことになるとは思ってなかったけど、仕方ないんだよ」

「仕方ないって、なにが？　あんたの下半身のだらしなさは病気だって言いたいの？」

婚約者を裏切って浮気する男が仕方ないってどういう状況よ。

浮気相手は去年入社してきた後輩社員。つまり私は若い女に負けたらしい。

惨めな気持ちになりそうなのをグッと堪える。裏切り者の前で泣くなんて絶対に嫌だ。

「ねえ、どうして浮気をした側が仕方ないなんて言えるのか教えてほしいんだけど。それに、まだ謝罪も受けていない」

圭太は平然とコーヒーを啜《すす》っている。その神経が理解できない。

私は大好きなコーヒーに口をつける余裕もない。聞きたいことが山積みで、頭の奥がズキズキしてきた。

「ひばりはさ、俺が謝ったら満足すんの？」

……はあ？　なんでそっちが開き直ってるの。

普段なら気にしないけど、腕を組んでる姿勢だけでふてぶてしくて癇《かん》に障る。

冷静にと、心の中で呪文のように唱えていたけれど。なにかがブチッと切れる音がした。

「心のこもってない謝罪なんていらないわよ！　あんたまさか、彼女が妊娠しなかったらなにもなかったふりを続けて、私と結婚しようとしてたの？」

「だってひばりは俺のことが好きだろう？　俺も一緒にいるならひばりがいいと思ってたよ。家庭的な和食は毎日食っても飽きないけど、フレンチとかはたまにだからうまいし」

学生時代から今まで、よく圭太の部屋で料理を振る舞っていた。お弁当を作ったこともあったし、土日に作り置きもした。だって圭太が私の料理をおいしそうに食べてくれていたから。

どうやら私が尽くしすぎていたようだ。

「ありがとう、うまい」の一言でご飯が出てくるなら、そりゃ誰だって言うよね。言うだけならタダなんだから。

「……誰が誰を好きだって？」

暴言を吐きたくなるのを何度も堪えていると、圭太の隣に若い女性が着席した。

「遅れてごめんなさい」

「……どちらさま？」

胸元まで緩く巻いた茶色の髪とシースルーの前髪が今時っぽい若い女性だ。目元はまつ毛パーマでぱっちりしていて、涙袋もしっかりあって、透明感のあるメイクがよく似合っている。

もしかして、この彼女が浮気相手……？

私はこの場に彼女が来ることを知らされていない。

「はじめまして、瀬尾紗彩《せおさあや》です」

「……こんな場所に乗り込む度胸はすごいですね。なにしにこちらへ？」

「圭太さんにお願いしたんです。私も直接お会いするべきではないかって」

彼女は隣に座る男をじっと見つめた。庇護《ひご》欲とはそういう風に誘うものらしい。

会いに来たと言うなら私に対して一言でも謝罪があると思うのだけど、そういうわけではないのかしら。頭を下げる気配はない。

……まさか、悪いことをしたという自覚がないの？　むしろ妊娠させられたのだから当然の権利ってこと？

怖すぎて震えそうになる。これは世代間ギャップでは片付けられない。

「彼女、うちの会社の専務の姪《めい》なんだよ。だからさ、最後まで責任を取る必要があるってひばりも社会人ならわかるだろう？」

このまま会社にいたいなら結婚するしかない。これでも圭太は名の知れた大手の建設会社に勤務している。できるだけ長く勤めていたいはず。

……なんだろう、もう溜息《ためいき》しか出てこない。

「そうね、私も社会人の端くれとしてわかるわ。入社二年目で、ようやくこれから仕事を任せられると思った矢先に妊娠産休に入られるなんて。同僚の方に同情しちゃう」

しかも同じ部署の先輩、後輩の関係でデキ婚だなんて、気まずいどころではないはず。私と圭太は違う会社に勤めているけれど、長年付き合ってきた彼女を捨てたことがバレてしまうのだから。

「まあ、妊娠が本当ならね」

ほんの僅かに彼女の表情が揺れた。

「なにが言いたいんだ。紗彩が嘘ついてるとでも？　俺はエコー写真も見せてもらったぞ」

それが証拠になるとでも思ってるのかしら。今時エコー写真なんていくらでもネットに上がっているし、人から借りることだってできるだろう。

「瀬尾さん、母子手帳は？」

「すみません、持ち歩いてなくって」

彼女は可愛らしく眉尻を下げた。

ここで妊娠の有無を追及する気もないので、「そう」と一言だけで流した。

「いろいろと言いたいことはあるけれど時間がもったいないから、建設的な話をしましょう。私はこれ以上あなたたちの顔を見たくない。まずは圭太、式場の前払い金の二十万円を今すぐこの場で私に返して」

式場の予約時に支払った二十万円は私が出していた。最終的にかかった金額はご祝儀を差し引いたものになるから、ふたりで折半する予定だったのだ。

ちなみに婚約指輪は貰《もら》っていない。指輪をつける習慣がないから、それよりも新居にお金をかけたいと思っていた。

「それと、うちのマンションはこの間解約しているので、その分も含めて慰謝料を請求します」

結婚後は圭太のマンションに引っ越す予定だった。彼は都内の３ＬＤＫのタワーマンションにひとり暮らしをしている。ご両親が持っている不動産を一部贈与されており、彼の部屋もそのうちのひとつだ。

「泣きもしないとか、結局愛より金なんだな」

「はあ……？　当然の請求だけど？」

誰が泣き顔を見せるのよ！　余計惨めな気持ちになるだけじゃない。

それに私が結婚式の準備で費やしてきた時間も請求したいくらいだ。これまでプランナーとの打ち合わせに圭太が参加したのは一度だけ。仕事を理由に任せっきりで「ひばりの好きにしていい」と丸投げだったのだから。

夢の結婚式をこんな形で台無しにされるなんて……悔しくて腹が立って仕方ない。

「あなたが払わないというなら、今すぐご両親に電話します」

彼がどう言いくるめて結婚相手をチェンジすると伝えるのかはわからない。

もしかしたらとっくに伝えているのかもしれないけれど、圭太の嫌そうな顔を見てまだだと悟った。

「わかった。今からＡＴＭに行ってくるから待ってろ」

「スマホは置いてって。あと免許証も」

「お前、そこまで俺を信じられないのか？　そんなに冷たい女だなんて知らなかったぜ」

「先に裏切ったのはあなたの方でしょう？　信頼を壊しておいてなに言ってるの」

このまま戻らずに逃げられる可能性もゼロではない。愛が消えた後に彼を信じられるほど、私はお人よしな人間ではないのだ。

圭太は瀬尾さんを連れて店を出て、私は一旦スマホの録音を切った。

ＳＮＳの鍵付きアカウントを開き、『浮気発覚、婚約解消』と投稿する。

仲のいいフォロワーだけしかいないアカウントなので、圭太に見られることもないけれど……結婚準備で忙しくしていた私を知っているだけに、みんな驚きそう。

「ああ……気が緩んだら泣きそう」

冷めたコーヒーをグイッと飲み干した。口の中に広がる苦さがちょうどいい。

本当は話したいことがたくさんあったのに、それらはすべてなかったことになった。

新婚旅行はこれから決める予定で、旅行会社から貰ってきたオススメの旅行先をまとめていたのだ。

ついこの間までは、ふたりで休みを取れそうな時期は九月のシルバーウィークだねって言ってたのに……喉がひくりと引きつりそうになる。

パンフレットは帰ったら捨てよう。古紙のリサイクルの日に出せるように。

「マンションどうしよう……」

あと一週間早く言ってくれていたら解約なんてしなかったのに！　信じられない！

今からなかったことになんてできないだろう。もう書類にサインまでしているのだ。でも相談したら退居日を延長してくれたり……。

「多分無理よね。そんな都合よくいくはずがないわ」

ダメ元で管理会社に連絡するとして、新しい引っ越し先も見つけないと。

こんなに簡単に、今まで築き上げてきた信頼が一瞬で砕け散るなんて想像もしていなかった。そんな経験味わいたくなかった。

圭太とはすれ違うこともちろんあったけど、基本的には仲がよかったと思っている。食の好みも似ていて、映画や娯楽の趣味も同じ。トキメキは少なかったけれど、自然体で一緒にいられて、なんでも話せる人だった。

社交的でよく笑う人だったのに、今日の彼はまるで別人だ。開き直った彼に呆《あき》れを隠せない。六年も一緒にいたのに彼の本質を見抜けなかった自分にも呆れてしまう。

……付き合うって、結婚するってなんなのだろう。

気持ちが沈みそうになるのを堪えてスマホを見ると、SNSの友人たちから続々となにがあったのか、大丈夫かと心配する声が届いた。逆の立場だったら私も心配になるだろう。

返事をする前に圭太たちが戻って来た。離席していたのはほんの十分程なのに、すでにふたりと顔を合わせるだけでげんなりする。

「二十万、下ろしてきた」

圭太は現金の入った封筒をテーブルにポンッと置いた。

「……二十枚、数えました。慰謝料もちゃんと請求するので、今度は振り込んでおいてね」

もうここには用はない。早くここから去りたい。

自分のコーヒー代として千円をテーブルに置いた。

「おつりはどうぞ？」

恵んで差し上げるという感情を込めてにっこり笑う。

私が立ち上がったと同時に、「待って」と瀬尾さんに呼び止められた。

「あの、よかったら結婚式に参加してください。これまで準備されてきた式を見届けたいでしょうから」

「……はい？　正気？」

笑顔でサイコパス的な提案をされて絶句しそう。これが若さなの？　……と言っても、四、五歳しか変わらないけれど。

馬鹿にしないでと怒るべきだけど、それだと尻尾を巻いて逃げ出す負け犬みたいだ。

なにが正解かはわからないが、私はその挑戦を受けることにした。

「お心遣いありがとう。それならぜひ、式を見届けさせてもらうわ」

社会人として培ってきた営業スマイルを発揮する。ここで余裕の笑顔を見せてやることが少なからず彼女の神経を逆なでするはず。

瀬尾さんはほんのりと頬が引きつっていた。

感情を取り繕うことに関しては私の勝ちだ。

「ごきげんよう」

バッグを持ってカフェを去る。速足で去ったら余裕がないと思われそうで、意識的に一定の速度で歩き続けた。

品川《しながわ》駅の改札口を通り、人ごみの中に紛れるとようやくホッと息を吐き出せる。

「はぁ～～っ、悔しい……」

気を抜いたらダメだ。この場で泣きだしてしまいそう。

今ここで帰宅したら、貴重な土日を無駄にする。せめておいしい食べ物をたらふく買い占めたい。

駅構内のショッピングモールに入り、スイーツエリアを彷徨《さまよ》う。

いつもはなにを買おうかと迷う時間も楽しいのに、今はそんな余裕はない。

カヌレ専門店に並ぶことにした。結婚式の前だからしばらくカロリーのことを考えていたけれど、もはやそんなものはどうでもいい。

「全種類一個ずつお願いします」

定番から季節限定品まで、八つのカヌレを箱に詰めてもらった。もちろん全部私が食すためだ。

そのままおにぎり専門店で豪華な海老天《えびてん》が入った天むすと舞茸《まいたけ》のおにぎりを購入すると、なんだか歯止めが効かなくなってきた。

「よし、焼き鳥とビールも買っちゃおう」

ふと、大きなキャリーケースを転がす人々が視界に入る。

「そうだ、品川だもんね」

当たり前だけど大きなターミナル駅は旅行客だらけだ。これから新幹線に乗る人も多いはず。

人の波に釣られるように新幹線の方面へ行き、ふと思い立ってチケットを購入した。

「買っちゃった……」

軽井沢《かるいざわ》行きの、しかもグリーン車のチケット。

東京《とうきょう》駅から十四時三十二分発、十五時三十五分着。今から向かっても十分間に合う。

旅行の準備などしていない。ただの気まぐれで、ふらりと新幹線に乗ったこともない。

これまで突発的な行動なんて避けてきたのに、今はじめて無計画なことをしようとしている。

JR東海道本線に乗り、品川から東京駅まで約八分。ペットボトルの水を購入する時間も十分にとれた。

不安と高揚感を抱えながら新幹線乗り場に向かい、グリーン車の指定席に座った。幸い隣は空席で、静かに発車した車内から外の景色を眺める。

「どうしよう、本当に乗っちゃった」

たかが一時間ちょっとの旅なのに、新幹線というだけで特別な気分になる。少し遠出をするだけで一時間以上かかることだってあるのに、新幹線で一時間の距離の場所は気軽には行けない。

今から行っても十五時半で、日帰りで帰るならチケットの予約をしておいた方がいい。そう思うのに、なんだかそれだと面白みが減る気がした。

たまには無計画で思い付きの行動をとってもいいかもしれない。

今までは事前準備を怠らず、きちんとした計画通りに旅行をしていたけれど。行き当たりばったりも面白そう。

非常識な出来事が起こった日に贅沢な非日常を与えて相殺したい。裏切りのショックが薄れるくらい、新しい刺激を感じたい。

「……あ、スマホ」

SNSの通知が数件入っていた。

昔から仲良くしているフォロワーの皆さんから心配する声が届いていていた。

最近ではリアルな友人よりもネットで知り合った人とのやり取りが多い。実際に会ったことがある人は半分以下だけど、学生時代から続けているアカウントで長年繋がっている人たちだ。

【Rumi.：詳細がわからないけれど、私は味方ですからね。いつでも相談してくださいね】

中でも一番親身になってくれるのがRumi.さんという方。海外に暮らしているようなので一度も会ったことはないけれど、私より数歳年上のお姉さんでとても頼りになる。

【夕日：今すぐ応戦しに行こうか？】

【林檎《りんご》ぱふぇ：私もいつでも行けるよ！】

数名から頼もしいコメントまで届いていた。お願いしたら本当に飛んできそうで笑ってしまった。

「ありがたいな……優しさが沁《し》みるわ」

全員にコメントを返し、簡単な経緯を説明した。そして今は新幹線に乗って軽井沢に向かっていることを写真付きで投稿する。

「……ちょっと買いすぎたかな」

焼き鳥とおにぎりとビールにカヌレ……遅めのランチだけど、これだけ食べたら夕飯が入らなくなりそう。

【Rumi.：軽井沢は日帰りですか？　もし泊まる予定ならいいホテル知ってますよ】

ＧＷの連休明けの土曜日はどの程度混雑しているかわからない。もしホテルが空いていたら泊まって、どこもいっぱいだったら日帰りにすると返事をする。

私が軽井沢を選んだ理由は多分、無意識に行ってみたくなったのだ。子供の頃に憧れた森の中のチャペルに。

「……本当は第一候補がここだったんだよね」

子供の頃、私がはじめて参列した結婚式が軽井沢のチャペルだった。でも日程が埋まっていたのと予算がオーバーで、都内がいいという圭太の意見も汲《く》んで諦めたのだ。

今となっては諦めておいてよかった。憧れの場所を奪われるなんて、悔しすぎて暴言を吐いていたかもしれない。

「あ、天むすうま……舞茸の天ぷらもおいしい」

新幹線に乗って、外の景色を眺めながらビールを飲みつつおにぎりを食べる。数時間前には考えられないほどの贅沢《ぜいたく》な時間。

この程度のことですら私にとっては非日常だ。一歩踏み出せば簡単なことだけど、ふらっと新幹線のグリーン車に乗るなんてなかなかできない。

お金と時間と行動力さえあればなんだってできる世の中なのに、培ってきた常識というものが厄介だ。きちんと計画を立ててからじゃないと安心できないと思っていたけれど、いざやってみたらどうってことない。

お腹《なか》が満たされると気持ちも安定してくる。正直ビール一本では足りなかったけれど、デザートのカヌレを三つ食べたら随分満足した。ちょっと食べ過ぎたかもしれない。

「カヌレ三つは重かったかも」

小ぶりだから欲張ってしまった。どれも洋酒が利いていておいしい。

一時間ちょっとの旅は思っていた以上に短くて、あっという間に目的地に着いた。そこからタクシーに乗ってチャペルへ向かう。

「……本当に来ちゃった。アポなしで」

なにも考えずに衝動的に来てしまったけれど、中には入れないだろう。ブライダルフェアをやっていたら入れたかもしれない。

でもきっと私は式場見学をしに来た女性だと思われそう。

子供の頃の思い出のまま綺麗な外観をしている。

「もう二十三年も経《た》ってるのか……早いわ」

その二十三年間で、一体何組のカップルの晴れ姿を見守ってきたのかな。

ここの庭はガーデンパーティーができるほど広くて綺麗に整備されている。私が幼い頃に参加した披露宴もガーデンパーティーだった。

花嫁のウエディングドレスがすごく綺麗で、本物のお姫様だと感動した。そのときの感情が一番濃く残っているが、その他の記憶は朧気《おぼろげ》である。

「確か風船が飾ってあったっけ。貰えたらいいなって思ってたんだよね」

そうだ。ガーデンパーティーの後、好きな風船を持って行っていいと言われてはしゃいだんだった。なんで子供ってあんなに風船が好きなんだろう。すぐにしぼんじゃうのに。

このチャペルでは四季折々の表情が楽しめて、冬は雪景色が美しいらしい。

今の時期なら緑豊かな木々に囲まれて、マイナスイオンをたっぷり味わえそう。中のチャペルは大きな窓ガラスが開放的な造りになっていて、天井のステンドグラスも幻想的だ。

森の中に佇《たたず》む真っ白なチャペルは、まるで妖精の住処のようで胸がときめく。けれど、私がここで結婚式を挙げることはできない。肝心の花婿を失ってしまった。

「花婿選びを間違えちゃったか……」

私がいけなかったのだろうかとは思いたくない。

もちろん至らなかったところは多々あるし、それはお互い様なはずだ。完璧な人間なんていないんだから、ふたりで成長していきたいと思っていた。

「ようやく憧れの結婚式が挙げられると思ったんだけどな……」

ここではないけれど、私の理想を詰め込んだ素敵な式にするはずだったのに。婚約者が浮気して、浮気相手とデキ婚するので結婚式は譲ることにしました。なんて、今時ドラマでも流行《はや》らない。

それに母はショックだろうな……外面《そとづら》はとびきりいい圭太が息子になるのを喜んでいた。学生時代からの付き合いだから余計に。

「悔しい。私だって幸せな花嫁になりたかった……！」

何着もフィッティングしたドレスも全部台無しだ。結婚式の前撮り写真だって届いたばっかりなのに、早くもシュレッダー行きじゃない。

あんなにワクワクドキドキして楽しかった時間が一瞬でパアになるなんて。というか、あの前撮りのときから圭太は瀬尾さんと関係を持っていたんだから、本当に浮気する男ってどんな神経しているんだろう。

裏切られた私がショックを受けているのに、あのふたりは神様の前で愛を誓うなんて不公平すぎて許せない。

それなら私も新しい相手を見つけたらいいけれど、結婚相手を見つけるのは簡単ではない。

そもそも浮気しない男なんてどうやって見極めたらいいの？　近づいてきた男が既婚者かどうかも疑わないといけなくない？

二十八歳にもなって恋愛経験値が低すぎる。圭太と長く付き合っていたから、今さら一から恋愛ができる気がしない。幸せな結婚式なんて夢のまた夢だ。

「どうかなさいましたか？」

じっと立ちすくんでいると、背後から声をかけられた。

「っ！　いえ、あの……！」

振り返った瞬間、息を呑《の》みそうになった。

精悍《せいかん》な顔立ちをした黒髪の男性だ。恐らく八頭身はあるだろう。背が高くてスタイルもいい。スッキリした髪型はホテルマンのよう。

整った顔立ちはイケメンというよりも美形だ。土曜日にスーツ姿ということは、このチャペルの関係者だろうか。

「すみません、立ち入り禁止でしたでしょうか」

「いいえ、どなたさまでも見学可能です。顔色が優れないように見えたので声をかけさせていただきました」

「え……？　そうでしたか？」

自分では顔色は確認できない。この場で手鏡を出すのもちょっと気が引ける。

「よろしければ中でお茶でもいかがですか？　温かいお茶をお出ししましょう」

「いえ、そんな、申し訳ないので……」

「今日は見学者がいないので、サービスです」

ふんわりと微笑《ほほえ》んだ顔を見て、心臓がドキッと高鳴った。美形の微笑は破壊力が凄《すさ》まじい。

さっきまで情緒がぐちゃぐちゃな気分だったのに、顔のいい男に親切にされただけでこの変わりよう……己の現金さに笑いがこみ上げそう。

「ありがとうございます。では、お言葉に甘えて……」

チャペルにある応接室に通された。打ち合わせなどで使用するのだろうけど、無関係な私が入ってもいいのだろうか。

「こちらで少しお待ちください」

柔和な笑顔に癒やされる。他人の親切心がありがたい反面、そわそわと落ち着かなくなってきた。

「やっぱりのこのこ付いてくるべきではなかったんじゃ……」

私にはセールストークに最後まで付き合うくらいしかできない。

でも結婚が破談になったばかりの女なんて、結婚式場の人からしてみたら疫病神みたいなものでは？　誰か結婚式を控えている知り合いがいたらよかったけれど、生憎《あいにく》紹介できる相手がいない。

「お待たせしました。ダージリンティーです。ミルクと砂糖は入れますか？」

「はい、ありがとうございます」

白磁のティーカップとソーサーはきっと定番の有名ブランドのものだろう。三つくらい名前が浮かぶけれど、見ただけでは判別ができない。

普段はストレートティーを好むのに、今はとびきり甘いミルクティーが飲みたい気分だ。

カップにミルクを入れてから、ティーポットを手に取った。濃いめに抽出された茶葉の色がミルクと混ざり合い、まろやかな色になる。

「おいしいです……紅茶専門店で飲むみたい」

「お口に合ってなによりです」

まさかポットごと出てくるとは思わなかった。一杯飲んでお暇《いとま》しようと思っていたのに、これでは間が持たない……。

「あの、このようなおもてなしを皆さんにされているのですか？」

ホスピタリティに溢《あふ》れすぎていないか心配になるが、彼は「全員にではないですよ」と答えた。

「ここはウエディングチャペルではありますが、時折悩める子羊の顔をされた方もいらっしゃるのですよ。なにかを思いつめた様子の方にはお節介を焼きたくなってしまうんです。見ず知らずの人間なら悩みを打ち明けやすいこともあるでしょうから」

多くの結婚式用のチャペルはキリスト教の教会に属していない。ただの箱も同然で、牧師さんがいるわけではない。

だから懺悔《ざんげ》室もないけれど、なにかを抱えている人はつい教会に縋《すが》りたくなってしまうのだろうか。

私が衝動的にここまで来たときは誰かに直接打ち明けたいなんて思ってもいなかったけど、この場の空気に流されそう。キリスト教徒でもなければ信仰の篤《あつ》い人間でもないのに、心にたまったものを吐き出して軽くなりたくなる。

「確かにお節介ですね」

「ええ、私の自己満足です。もちろんお茶を堪能してくださるだけで十分です。話したくないことは無理に聞きません」

ただ紅茶を飲んでほっと一息つけばいい。

そんな止まり木のような時間を提供するのも社会貢献だとか。

「あの、あなたはここの社員さんなんですよね？　勝手なことをしたら上の方から怒られませんか？」

「申し遅れました。私はオーナーの玖条《くじょう》と申します」

ご丁寧に名刺を渡された。玖条晴臣《はるおみ》さん……名前からもイケメンオーラが出ている。

「オーナーさんでしたか。私は志葉崎と申します」

でもオーナーって、この若さで？　どう見ても私と数歳しか変わらない。

「あの、めちゃくちゃお若く見えますが、実は五十歳を過ぎていらっしゃるとか？」

「私は三十二歳です」

若っ！　私と四つしか変わらない。

二十三年前とは経営者が変わったのだろう。場所もいいし、どこかのウエディング企業の傘下に入っていてもおかしくはない。

「すみません、急に年齢なんて聞いてしまって。不躾《ぶしつけ》でしたね」

「いいえ、構いませんよ。私に答えられることでしたらなんでもお聞きください」

物腰柔らかで紳士的な人だ。きっと奥さんも素敵な女性なのだろう。

だが彼の薬指にはなにもついていなかった。結婚式場に訪れる人なら相手がいるとはいえ、これだけの美形なら独身でも指輪を嵌《は》めていた方が都合がいいはず……。

「玖条さんはご結婚されていらっしゃらないのですか？」

「ええ、独身ですね」

モテるだろうに……むしろモテモテすぎて選べないか、女性関係のトラブルが多すぎて独身を貫きたいか。

いや、恋愛沙汰で大変な思いをした人がチャペルで働くとも思えない……つい野次馬《やじうま》のような好奇心が刺激されてしまった。

「では恋人は？」

「残念ながら」

そんなことを人前で堂々と言ったら、一瞬で候補者が現れそう。でもオーナーさんは基本表には出てこないのかもしれない。

「志葉崎さんは……ご結婚の予定があったのではないですか？」

玖条さんは言いづらそうに尋ねた。

「すみません、先ほど切なそうに呟《つぶや》いていたのが聞こえてしまいまして」

結婚式を挙げたかったと言った独り言が聞こえていたようだ。めちゃくちゃ恥ずかしい。

でもバレているならいいかもしれない。先ほど玖条さんも言っていたように、見ず知らずの人に愚痴りやすいときもある。

「実はそうなんです。つい数時間ほど前までは」

空になったカップに紅茶を注ごうとすると、玖条さんがすかさず注いでくれた。なんだか執事のようだ。

「来月、都内で結婚式を挙げる予定でした。六月の大安吉日、憧れのジューンブライドになるはずだったんですけど……婚約者が職場の後輩と浮気して、挙句の果てに子供ができたから浮気相手と結婚式を挙げると言い、奪われる羽目に……」

ああ、声に出すと余計惨めになってきた。

私が準備してきた時間はなんだったの？　プランナーと打ち合わせを重ねて、最高の思い出を作るはずだったのに。

「それは……お辛《つら》かったですね」

優しい声が涙腺を刺激する。

鼻の奥がツンとし、私は思わずうつむいた。目の前に差し出されたティッシュ箱に遠慮なく手を伸ばす。

「大学の頃から六年付き合って、ようやく結婚ってときにそんな風に裏切られるなんて思ってもいなくって、悔しいやらショックやらで怒りと悲しさが溢れてぐちゃぐちゃです」

人前で泣くなんて子供の頃以来だ。しかも男性の前でなんてはじめてかもしれない。

こんな風に泣かれたら相手も困るだろうに……一度涙腺が決壊すると、次々涙が零《こぼ》れて止まらなくなった。

「わ、私にも……悪いところがあったなら、裏切る前に言ってほしかった。ちゃんと、直せたかもしれないのに……っ」

たくさん話し合う時間はあったのに、いつからすれ違いが起きていたのだろう。もしかしたらここ最近、出張で忙しいと言っていたのも嘘だったのかもしれない。

信頼関係が崩れるというのはそういうことだ。相手の言葉を信じられなくなってしまう。

そうやって不安になる時点で、一緒に暮らすなんて無理な話なのだ。だって安らぎを得たい場所に敵はいらないから。

結婚したらお互いが一番の味方になると思っていたのに、それは私だけだったのだろう。

「特別な思い出になるはずだった結婚式を譲られたのですね」

こくりと頷《うなず》く。

奪われたと思うか、譲ったと思うか。まだ私の中では奪われたという気持ちが強い。

「きっと私がお坊さんであれば、志葉崎さんは徳を積まれたのだと慰めるところですが、生憎私はただの一般人ですので。気の利いたことは言えませんが、中古品をお譲りできたと思ったらいかがでしょう」

「……中古品」

「ええ、いわゆる断捨離です」

玖条さんは笑顔で言い切った。

裏切り者の婚約者を断捨離。字面にするとインパクトが強い。

「私はあなたが不幸にならなくてよかったと思います。浮気を隠す男は再犯しますので、きっとこれからの生活は心労が絶えなかったことでしょう。結婚をするのは簡単ですが、離婚をするのは大変な労力がかかると聞きますから」

法的に結ばれることより、別れる方が泥沼化する。確かに、離婚を想定した結婚をするカップルの方が少ないだろう。

そういえば私も、離婚の条件なんてきちんと考えていなかったかもしれない。今さらながら結婚前に決めごとをしておく重要性に気づいた。

「私、結婚式に呼ばれたんです。浮気相手の女性から」

スン、と洟《はな》を啜る。アイメイクもファンデーションも、涙でぐちゃぐちゃになってそう。

「それは……当然お断りをしたのですよね？」

「いいえ、参加すると言いました。売られた喧嘩《けんか》は買わないとと思って。完全に売り言葉に買い言葉ですが」

玖条さんは切れ長な目を見開き、口許《くちもと》に手を添えた。

思わずという風に笑いだす。

「失礼、なかなか気が強いのだなと」

「だって、ほとんど全部私がプランしたんですよ？　プランナーさんと打ち合わせを重ねて、どうやったら皆さん楽しんでくれるかなって考えたんです！　それをハイエナが横取りするようにかっさらっていくなんて腹が立って仕方ないし、どんな式になるか見届けてやろうと思って」

「そうでしたか。その考えも素敵です」

気持ちを吐き出したおかげで涙は止まり、鼻の通りもよくなってきた。もう一枚ティッシュをとって、洟をかむ。

「玖条さんが仰《おっしゃ》った通り、私のお古を貰ってくれてありがとうって言える女になろうと思います」

そうだ、見返してやろう。あのふたりが悔しがるくらい。

「きっと、「結婚おめでとう」って余裕の笑みで祝福するのが、私にできる最大の復讐《ふくしゅう》で嫌味《いやみ》になると思うんです」

大したことない女なんて侮らせてたまるものか。

ふたりが怯《ひる》むくらい綺麗にドレスアップして、余裕の笑顔で祝福してやればいい。

「そうですね。でもまずは、あなたを傷つけたふたりが妬ましくなるくらい、志葉崎さんは幸せにならなくては」

「私が幸せに……」

それは確かにそうかもしれない。

「振ってくれてありがとう、あなたと結婚しなくて本当によかった！」と満面の笑みで言われたら多少なりとも腹は立つだろう。素直な男ならまだしも、プライドの高い圭太なら眉を顰《ひそ》めるくらいはするはず。

「でも、他人が羨むような幸せって急には難しいかと……宝くじが当たるレベルじゃないと」

万が一宝くじが当たっても誰にも言うつもりはないけど。トラブルの元にしかならない。

「そうですね……でも、ひとつだけありますよ。わかりやすく誰もが祝福してくれるものが」

玖条さんの笑顔に見惚《みと》れそうになったが、言われている内容は理解しがたい。

この話の流れで思い当たるのはひとつしかないけれど、現実的に無理でしょう。どうやって一か月で新しい結婚相手を見つけるの。

「今からお見合いとかも無理ですし……ひと月以内で結婚なんて」

「私と結婚しましょう」

「……は？」

「私があなたの夢を叶《かな》えましょう。幸せな花嫁になりたかったのでしょう？」

やはり先ほどの嘆きを聞かれていたようだ。

ぽかん、と口を開いたままフリーズする。冗談にしては少々質《たち》が悪い。

「え、あの、なにを仰って……私と結婚？　冗談ですよね？」

なんで？　この人にメリットが見当たらない。

玖条さんは照れたように「冗談ではありません」と告げた。

「いきなりこんなことを伝えるのはいかがなものかと思うのですが、どうやら私はあなたに一目惚《ひとめぼ》れをしたようです」

「……は？」

ぽかん、と口を開いてしまう。残念ながら私は一目惚れをされるような美女ではない。

「眼科行きますか？」

「必要ありませんね」

嘘でしょう？

美形に照れられると、こちらも釣られて顔が赤くなりそうだ。

「まあ、その一目惚れというのは一旦置いておいて……私と志葉崎さんで、お互いが一番の味方になるという契約を結びませんか。契約の内容も解消の条件も、納得するまで話し合ってから決めて、対等のパートナーになるのはいかがでしょう」

「一番の味方で対等のパートナー？」

それはとても理想的な響きに聞こえた。

結婚を明確に契約だと断言されても嫌な感じではない。事実、結婚とは法的に契約を結んだ関係である。

恋人ならある程度許容できることでも、結婚相手には向かないこともある。厳しい条件を出すのは必然だ。好きなだけでは一緒になれないのだから。

「つまりこれって、契約結婚みたいなことでしょうか？」

「そうとも捉えられますね」

「あの、とてもありがたい提案ですけど、玖条さんにメリットがないような……」

一目惚れには触れないでおく。冷静に考えてメリットはなさすぎる。

「あなたをもっと知りたいという気持ち以外にもメリットはありますよ。私もよくお見合いを持ちかけられるのですが、断るのも一苦労で困っていたんです。きちんと話し合いができて対等な関係を築ける相手というのは、簡単なようで難しい」

恋愛感情が先に来てしまうと甘えが生じる。どちらかが精神的に寄りかかる関係は果たして対等と呼べるのだろうか。

「理性的に話し合いができて、結婚を条件で考えられる人というのが私の理想でもあります。契約期間中は互いが一番の味方でいるという約束がほしい」

裏切り行為を絶対にしない。疑心暗鬼になって相手を疑うような関係にはならない。その約束ができるのは、確かに裏切られたばかりの私のような女がぴったりだろう。

「家の中に敵はいらないですものね」

「はい。それをわかっている方が好ましいんです」

夫婦のあるべき姿なんてわからないけれど、居心地のいい距離感と関係を築けたらいい。困ったときはすぐに手を差し伸べて、足りないところを補い合えたら生きやすくなるのではないか。

きっと結婚に正解なんてない。あるのはどうやって信頼を築いて、一緒に歩んでいくかだ。

「どうですか？　困ったときは助け合える。そんな存在になりませんか」

どうしよう……悪くない気がしてきた。それに傷心中に顔のいい男性からアプローチをされたら、普段以上に理性が揺らいでしまう。

「ち、ちなみに、契約を解消したいと思ったらいつでもできますか？」

「そうですね……たとえば毎年の結婚記念日を更新日と考えるのはいかがでしょう？」

認識のすり合わせを行い、続行するか解消するかを話し合う日。

ロマンティックな記念日とは違うかもしれないけれど、ただ祝うよりはよほど建設的だ。

いや、むしろ理想的では？

私の結婚相手の理想は対等に話し合えるパートナーだ。

「では、事前にお互いの条件を書き出して、誓約書を作ることに同意してくれますか？」

「いいですね。それぞれのタブーを知っておいた方が快適に過ごせそうです。でもしばらくは事実婚でも構いませんよ。どちらが名前を変えるのかも相談する必要がありますから」

玖条さんは苗字《みようじ》を変更することに抵抗はないらしい。

圭太は当たり前のように私が名前を変えると思っていた。話し合いで決めようと伝えても、女性が変更するのが当然だろう？　と言われたのを思い出す。

あのときは、まあ仕方ないかと思って納得したけれど、思い返すと今まで気づかないふりをしてきた小さな棘《とげ》がたくさんあった。

それを全部スルーして、一緒になっても大丈夫だなんてどうして思えていたのだろう。それほど私は「結婚」がしたかったんだろうか。

「もちろん、今すぐ決めなくても大丈夫です。私も唐突な提案をしている自覚はありますから……」

「お受けします！」

気づけばはっきりと、私は玖条さんの提案に乗っていた。

誓約書付きで、一番の味方であり続ける条件付きの契約結婚。考えれば考えるほど理想的である。

おまけに年間更新で、解約だって可能だ。

きちんと話し合いができて価値観が近い相手と巡り合えるなんて奇跡かもしれない。

「玖条さん、私と結婚しましょう」

彼は私の勢いに一瞬驚いたように目を開いた。紳士なホテルマンのような印象が薄れると、少し距離が近くなる。

「私が言うのもなんですが、志葉崎さんは思い切りがいいと言われませんか」

「言われたことはないですね」

自分でも驚くほど無計画なことをしている。でも不思議と後悔しない自信があった。

「では、よろしくお願いいたします」

「こちらこそ」

差し出された手を握りしめて握手を交わす。
出会ってまだ一時間足らずの男とこんなことになるなんて一体誰が予想できただろう。
結婚とはタイミングと勢いなのだと、私は身をもって実感することになった。

## 第二章

たった一日で人生が急変することもあるらしい。

私は今、軽井沢のレストランで誰もが振り返る美形と食事をしている。

「結婚式ですが、三か月後に予約に空きが出たので先ほど押さえておきました」

「……はい？」

ワインを飲む手が止まった。

チャペルの近くのホテルに空きがあったのでチェックインを済ませた後、私は玖条さんに連れられてカジュアルなイタリアンレストランに来ていた。

冷静に考えると思考が止まりそうなほど自分でもよくわからない状況なのだけど、進み始めた歯車を止めるつもりはない。

でもまさか結婚式を挙げるつもりだったとは思わなくて、さすがに目が点になりそう。

「えっと、いつでも解約可能な契約結婚なのに、式を挙げるのですか？」

「そうですね。挙げない方が不自然でしょう？　私の仕事柄」

それは確かにそうである。

そして結婚の条件をわざわざ周囲に話すつもりはないことにも同意した。ふたりだけで納得していればいいことなので、トラブルの種をまく必要はない。

「ですが、あのチャペルにキャンセルが出るなんて珍しいですね……あ、仏滅ですか？」

「いいえ、大安吉日ですね」

そうであればますます謎だ。六月でなくても、人気のチャペルは半年以上も前から予約が埋まっているのに。

それに八月の軽井沢なんて人気スポットでは？　避暑地ですよ？

「……まあ、いろいろありますよね。私みたいなパターンで結婚式を取りやめることになったカップルがいてもおかしくありませんから……」

そんな不幸なことは起こってほしくないけれど、もしも同じ人がいたら結婚前に気づけてよかったはずだ。キャンセル料がかかったら懐は厳しいが。

「夏の挙式というのも素敵なものですよ。緑が豊かで清々しい心地になるかと。もちろん秋と冬も違った景色が楽しめますね」

雪景色を背景に結婚式を挙げるのも素敵だろう。紅葉ももちろん美しい。

「私は玖条さんのところのチャペルが思い出の場所なので、そこで結婚式を挙げることができたらうれしいですが……あの、本当にいいのですか？　こんなことを急に決めて。ご家族に反対されるんじゃ……」

「私も同じことを志葉崎さんに言えますが」

玖条さんは苦笑した。そんな表情すら麗しい。目の前に座っているだけでドキドキするなんてはじめてだわ。

圭太の顔立ちも整っている方だったけれど、女性の視線は比べ物にならないほど集まってくる。玖条さんはチラチラと見られることに慣れているのか気にした素振りはないが、顔がいいというのは大変そうだ。

「私の家族は私が選んだ女性との結婚を反対しませんよ。むしろ歓迎して、絶対に手離さないようにと言われるかもしれません」

……今まで一体なにがあったのだろう。玖条さんの女性遍歴が気になる。

「ですが志葉崎さんのご家族からは反対されるかもしれませんね」

「え？　いいえ、そんなことは……！　むしろうちの娘で本当にいいのかって再確認されると思うので、そこは覚悟しておいてください」

圭太の裏切りを知った両親はショックを受けるだろう。そして次に現れた婚約者を見て、二度絶句するに違いない。

結婚詐欺に遭っているのでは？　と思われそうだが、それは私も少しだけ気になるところである。でも金銭的に余裕がない人には見えないので、誓約書の作成時に不審な点がないかをチェックするしか……。

「あ、でも玖条さんの勤務先ってここなんですよね？　そうすると結婚しても別居婚になりそうですね」

別居婚……それもアリかもしれない。

互いのテリトリーを確保しておいた方が精神的に安定しそうだし、余裕も生まれそう。

「普段は東京のオフィスに勤務してます。ここには時折来ますが、年に数回程度ですね。私はオーナーではありますが経営権があるわけではありませんので」

彼はオーナー社長ではなく、社長は別にいるそうだ。つまり玖条さんの本業は別にあるのかもしれない。

「ではお住まいも東京ですか？」

「はい。軽井沢には両親の別荘がありますが、私はホテルに滞在してます」

その方が便利だからと言われると、確かに……掃除などの手間を考えればホテルに泊まった方が断然楽だ。

というか、今さらりと別荘って単語が出てきましたよね？　今さらながら玖条さんは何者なのだろう。

口調は丁寧で物腰も柔らかい。ただの一般人男性の枠には入らない気がする。

「志葉崎さんの都合もあるでしょうが、いつでも私の家に引っ越してきていいですよ」

「え？　本当ですか？」

思わず前のめりに聞き返してしまった。

普通なら出会ったばかりの男の家に転がり込むなんて考えられないのに。条件付きで結婚する相手となると、警戒心が一気に弱まりそう。

いや、でも一目惚れという話は……私から触れない方がいいかもしれない。

「部屋も余ってますから。遠慮なくどうぞ」

彼は都内のマンションにひとり暮らしをしているらしい。

三十二歳の独身で、２ＬＤＫ以上の家に住める人ってますます何者なの？　都心の二十三区内のマンションって、１ＬＤＫでも賃貸で十五万以上するはずでは……。

圭太のようにご両親から不動産を贈与されたパターンだろうか。別荘があるならば、きっとご実家が裕福なのだろう。

「あの……正直その提案はすごく助かります。実は先週マンションの解約をしたばかりで、あと一か月以内に引っ越さないといけなかったんです」

「それはまさか、新居に引っ越す予定だったからですか？」

「ええ、そのまさかで……元婚約者のマンションに引っ越すはずでした」

本当にタイミングが悪い。私が被った迷惑料と新しいマンションの敷金礼金も全部請求したいくらいだわ。

「いっそ家具家電は売って、シェアハウスに住むのもいいかもと考えてましたが」

「シェアハウスですか。面白そうですが、向き不向きがありそうですね」

学生時代なら全然アリだし、楽しめると思うのだけど。社会人になってから共同生活というのは少々ハードルが高い気もする……どんな人が住んでいるかわからないから、人間関係で揉《も》めたくはない。

「次の住まいが見つかるまでの繋ぎとしてならって思ってましたけど、でもまた家具家電を揃《そろ》えないといけなくなるなら処分するよりも倉庫を借りておいた方がいいのかなとか、いろいろどうしようかと」

「でしたらなおさら私を頼ってもらいたいですね。困ったときに支え合う関係の一歩目ということで。いかがですか？」

優しさが弱った心に沁みわたる。

今だったら私、詐欺師に騙《だま》されても気づかないかもしれない。

「居候させていただけるならありがたいです。お家賃支払いますので！」

「いえ、居候だなんて……家賃もいただけませんよ。あなたは私の妻になるのですから」

妻……！

でも妻と言い切ってしまっていいものだろうか。

この結婚に含まれる条件に自由恋愛を含んだ方がいいのでは……しばらく恋愛は控えようと思うけど、玖条さんを縛るつもりはない。

「あと持ち家ですので、家賃の心配はありません。ローンもないですから」

ローンも完済済み？　この若さで？　実はやんごとない家柄なのだろうか……。

「ではせめて生活費と光熱費は折半しましょう。家賃がない分、そのくらいは払わせてください。私も仕事をしてますので」

元々結婚後も仕事を辞めるつもりはなかった。経済的な自立は精神的な自由にも繋がる。

玖条さんはほんのり眉尻を下げて、「検討しておきます」と言った。これは貰ってくれないパターンかもしれない。

詳しい話を聞いていたら、マンションの最寄り駅は私の職場から数駅しか離れていないそうだ。立地がよくて通勤時間も三十分以内だなんて理想的すぎる。

いろいろと条件が良すぎて冷静さを失いそうになるけれど、相手はさっき知り合ったばかりの男性。せめて知人からの紹介ならまだしも、共通の知り合いはいない。

うまい話には裏があるのが世の常識では……？　デザートを食べる手が止まった。

私はやっぱり石橋は叩《たた》きまくってから渡りたい派だ。リスクは極力減らしたい。

「あの、玖条さん。もう一度確認しますが、本当に私でいいのですか？　私を選んでも玖条さんにメリットなんて、ほんっとにひとつもないですよ？」

実家は普通の一般家庭で、学歴も容姿も際立ったものはない。

特技は時短料理で、休日の趣味は海外ドラマを観《み》ることという、どこにでもいる女性のひとりだ。一応身なりには気を付けているけれど、まつエクやまつ毛パーマ、ネイルまではしていない。美容院は二か月に一度程度。

今の私にあるものは、つけこむ隙くらいでは？

傷心中の女は心が弱っているから、いろんな勧誘がしやすそうという……さすがに商材を買わされることはないと思うけど、できる限りあらゆる可能性を潰したい。

「志葉崎さん。私は価値観が近い人と出会うことは、砂浜から一粒の砂金を拾い上げるようなものだと思うのです。自分と同じような考え方をする人と巡り合うのは難しいと思いませんか？」

「それは……まあ、そうですが」

「普通は結婚のことを契約だなんて言ったら、大抵の女性はショックを受けたような顔をするものですよ。結婚前に離婚の話をする男なんて、デリカシーがないと罵られるでしょう」

「そうですかね……重要なことだと思うんですけど」

いつでも解約できるようにルールを決めておいた方がお互い気が楽では？　私も圭太と結婚する前に散々話し合って……まあ、結局こんなことになりましたが。

「それに結婚記念日を契約更新日と捉えられる男女はどれほどいるでしょうか」

「……もしかして、私たちって少数派ですか？」

「私が知る限りでは」

玖条さんの微笑みに納得がいった。

話し合いができる人と結婚したいと思うのは当然のようで実は難しいのかもしれない。

「志葉崎さんとの結婚のメリットを上げるのであれば、感情的にならずに先を見据えることができる人だと判断したから。それにあなたは誰かに依存しないと生きられないような人ではなさそうですし」

「ありがとうございます。自立と自由がうちの家訓です」

そう断言したら、玖条さんはクスクス笑った。

「価値観が近くて話し合いができるから。そして大前提として、私があなたに一目惚れをしたから。

それだけでは納得いきませんか？」

「……っ！　な、なるほどです」

まさか一目惚れが生きてた！

不意打ちを食らった気分になりそうだ。

まだまだ知らないことの方が多いけれど、きちんと話し合いができる相手なら問題が起こっても感情的にならずに解消できそう。

もしも誰かの紹介やお見合いで知り合ったなら、即交際希望を出しただろう。そう思うと、出会ったきっかけが違うだけではないか。

けれどもうひとつ確認しておきたい。

契約結婚なら子供はどうするかとか、夜のお務めはしなくていいかとか……でもさすがにレストランで尋ねることではないので、その質問は飲み込んだ。

軽井沢に一泊し、翌日は早々に東京へ戻った。

「……というわけで、花嫁はチェンジすることになりましたが、結婚式はこのまま継続するそうです」

これまで親身になってくれたプランナーの元へ行ったら絶句させてしまった。ある意味破局より質が悪いかもしれない。巻き込まれてしまう関係者の皆さんが大変そうだ。

「あと、私も宣戦布告をされているので、結婚式には参加します」

「ええ!?」

思った通りのリアクション、ありがとうございます。

事前に事情を伝えておいたら、圭太側から説明を受けても対処しやすいだろう。残念ながらあちらが私を悪者にする可能性もゼロではないので、その前に手を打ったことになる。

婚約が破談になってから一日しか経過していないのに、気分はとても清々しい。むしろ肩の荷が下りたような気持ちさえある。

「まあ、まだ最大の難関が残っているけれど」

両親への報告だ。結婚式は延期して八月になります&結婚相手も変わります！　なんて聞いたら卒倒しないだろうか……。

でも、玖条さんを目の前にしたら「よくやった！」って言いそう。うちの祖母と母は、顔のいい男性にはめちゃくちゃ甘いところがある。

会社の上司と同僚への報告も悩むところだけど、もう少し後でもいいかな……。今の私の優先順位は今後の生活についてだ。

「引っ越し準備を進めていたから不用品は大分減ったとはいえ、いろいろ処分が必要かも」

洗濯機、冷蔵庫などの大型家電は引っ越し業者に引き取ってもらう予定で、ベッドとマットレスは粗大ごみで出そうと思っていた。

玖条さんのマンションに居候をするなら家具家電は不要だろう。もしかしたらキッチン用品は必要かもしれない。

「次の土曜日には玖条さんの部屋で打ち合わせって、早すぎでは……？」

予定を入れるのが早いなんて、玖条さんはきっと仕事もできる人なんだろうな……。

一週間後に最低限の荷物を持って同居開始というスケジュールも十分早すぎると思う。

貰った名刺をじっくり眺める。

「玖条……晴臣さんね。本当、名前もイケメンだわ」

ＳＮＳをやっていたりするだろうか。実名でしているタイプには見えないけれど、仕事のアカウントがあったりするかもしれない。

チャペルの広報担当は別にいそうだが。顔出ししていたらフォロワーが大変なことになりそう。

ちょっとした好奇心で検索をかけたら、写真が出てきてしまった。

「へえ、経済誌のインタビュー？」

若手実業家ならありえると思いきや、彼のプロフィールは私の想像をはるかに超えていた。

玖条グループの会長子息って……いわゆる御曹司というやつではないか。

「やっぱりやんごとない家柄！」

しかも玖条グループなんて言ったら、私が働いている輸入商社の親会社じゃないか……！

「うわぁ……！」

思わずスマホを放り投げそうになった。

好奇心に負けてうっかり検索なんてするんじゃなかった。遅かれ早かれ事実を知ることになるとはいえ、心の準備というものがある。

社会的な信用と立場もある人が詐欺を働くとは思えないし、お金に困っているわけでもないだろう。詐欺師ではないなら安心……していいものなのだろうか。

「……わからない。でも、条件付きの結婚なら……？」

事前にルールを決めて書面に残す。そしていつでも離婚は可能……それなら迷うこともない気がする。

ポチポチといつものSNSの鍵付きアカウントに呟きを投稿した。仲のいい人だけがいるアカウントに。

『いつでも解約できる条件付きの結婚ってアリだと思う？』

しばらくして、続々と返信が届く。

【夕日：なし！　離婚の労力が面倒くさい】

【林檎ぱふぇ：条件によるかな。そもそも離婚前提で結婚する意味がわからない】

【チョコドーにゃっ：期間限定ってこと？　書類の変更とか面倒じゃない？　扶養に入らないなら税金も変わらないんじゃ】

この方たちはそう言うと思っていた。

確かに冷静に考えるとブレーキがかかる。

「……でも結婚式は子供の頃からの夢なんだよね」

真っ白なチャペルで式を挙げて、外でガーデンパーティーをする。あの日の思い出のように色とりどりの花と風船を飾って、ワクワクしたものにしたい。

そういえば「私もここで結婚する！」と両親に宣言したっけ。

その夢を叶えてくれる人が現れたのなら、縋ってもいいのではないか。好きな人のお嫁さんという前提条件が消えてしまうけれど、好きになれそうな人との結婚は悪くない。

「玖条さんを逃《のが》したらもう結婚できる気がしない……だって一から相手を見つけて関係を築いて、プロポーズをしてもらって結婚式を挙げるまでの道のりが果てしなく遠い……！」

あああ～無理だ！　考えるだけで気が遠くなりそう！

目先の鯛《たい》に釣られるのもいいのでは？　むしろ幸運なチャンスとも考えられる。

ピコン、とまた通知が入った。いつも親身になってくれるRumi.さんだ。

【Rumi.：相手のことをどれだけ信用できるかにもよるけれど、私は条件付きの結婚はアリですね。

でも共同生活を送ってから入籍するのがいいかと。一緒に住んでいるうちに、お互い譲れないところが出てくるだろうから】

そういえば彼女は昔から同棲《どうせい》賛成派だった。確かに結婚前にお互いの生活リズムやストレス度を確認しておくのは大事なことだ。

「そうだよね。いきなり結婚なんて考えるから悩むんだわ。玖条さんもすぐに籍は入れなくていいって言ってたし」

まずは同居を開始してから判断すればいい。どうしても無理だと判断したら、契約結婚もなかったことにすればいい。

チャペルの予約を押さえてしまっているので、キャンセルすると迷惑がかかるけれど……。

全員に『ありがとう、参考になりました！』と返事をした。

私の譲れないポイントはどこだろうかと考えながら、キャリーケースに数泊分の荷物を詰め込んだ。

◆　◆　◆

駅直結、スーパーと商業施設も隣接しているマンションは私の想像をはるかに超えていた。

立地がいいからマンションもすごいんだろうなとは思っていたけれど、まさかエレベーター降りたらワンフロア全部玖条さんの部屋だなんて誰が予想できただろう。

そもそもコンシェルジュ付きのマンションって、月々の管理費はおいくらですか？　と尋ねるのも怖い。

「こちらの部屋をご使用ください。軽く掃除はしておいたのですが、埃《ほこり》っぽかったらすみません」

「は……はい、ありがとうございます……」

家賃払うなんて生意気言ってすみませんでした！　と、平謝りしたい気分だ。この広さを見たら、私なんて犬小屋程度のスペースしか支払えない。

「ここはゲストルームでしょうか？　家具が揃っていますが」

しかもトイレとユニットバスまでついている。まるでホテルと変わらない。

「ええ、一応。来客用の部屋として整えてあるのですが、私がここに移り住んでからはまったく人を招いていないので。掃除程度しかしていなかったんです」

確かに玖条さんはホームパーティーを頻繁に開催するような人には見えない。学生だったら招いていたかもしれないけれど。

「そうですよね、恋人ならわざわざゲストルームに泊めることもないですしね」

至極当然のことを呟いただけなのだが、玖条さんはハッと目を瞠《みは》った。

「志葉崎さんのことを恋人よりも下に見ているつもりはありません。安心して過ごしていただきたかっただけで」

「え？　いえ、別になにも思っていませんが……」

もしかして拗《す》ねたと思われたのだろうか……恋人よりも距離感がありますね、とか。そんな嫌味を言ったつもりはまったくない。

「そうですか……でも誤解されたままは嫌なのでお伝えしておきますが、ここに女性を招いたことはありません」

「ここ……とは、来客用のこの部屋ですよね」

玖条さんは首を左右に振る。

「違います。全部の部屋ですよ。そもそも恋人と呼べる女性もいなかったのですが」

「はい？」

……その顔と身体で？　入れ食い状態ではないの？

一体何年フリーなのかと訊《き》きたいけれど、やめておこう。あまりプライベートなことに土足で踏み入るのはマナー違反だ。

玖条さんは見た目通りの紳士で、女性関係は慎重なのかもしれない。私にとっては好都合である。元恋人が突然現れることもないだろう。

女性関係のいざこざに巻き込まれるのは二度と嫌なので、勝手ながら安堵《あんど》してしまった。

「では、遠慮なくこちらの部屋を使用させていただきますね」

とりあえず数泊する予定だけど、まだ引っ越し日は先だ。

「必要なものを選別されたら早めに越して来てもいいのですよ。それこそ来週にでも」

「え!?　いえ、でも、箱詰めとかありますから」

「全部プロに任せたらすぐです」

笑顔の圧がすごい。単身者のお任せパックって贅沢では？

「見られたくないものだけ先に詰めておけば楽でしょうから。まだ業者を決めていなければ、私が懇意にしている引っ越し業者に空いている日を確認してもらいますね」

「いえ、でも、あのお任せパックは引っ越し代が……！」

「提案しているのは私なので、志葉崎さんはご心配なく」

まさか引っ越し代も全部持つと？　何故《なぜ》？

私が唖然《あぜん》としている間に彼はどこかへ電話をかけてしまった。一体なにが彼をそこまでさせるのかがわからない。

「ちょうど来週の土曜日に空きがあるそうです」

「は……はい、ありがとうございます……？」

仕事が早い！

まさかの朝九時から業者が来ることになってしまった。

不用品の回収もまとめて行うとのことで、代金はすべて玖条さん持ち。私は管理会社に引っ越し日の変更を連絡するだけ。でも立ち合いや鍵の返却は予定通りになるだろう。

いろいろしてくれるのは正直助かるけれど、人に頼ることに慣れていないので困ってしまう。

「あの、ご迷惑をおかけしてすみません。なにかお返しを……」

「お気になさらず。私が勝手にしたお節介ですから」

とはいえ、まだ結婚の契約も結んでいない相手だよ？　ここまでしてあげる理由がないのでは？

今後について話し合う前に一仕事が終わった気分だ。私はどうやってこの人と対等に渡り合えるんだろう。

世の中はギブアンドテイクだ。貰った分だけ返さなければ。

「玖条さん、なにごとも貰いすぎはいけません。衣食住の住を提供してくださるのであれば、せめて私が食を担当します」

「それは……あなたが料理を作ってくださると」

「はい、お口に合うかはわかりませんが」

というか、庶民の料理は口に合うのだろうか。最近は手抜きで簡単に食べられる時短料理ばかり作っている。

「うれしい提案ですが、私の趣味も料理なので分担ということにしましょうか」

なんとも意外なことに、彼は料理男子だった。

ヤバい、私なにも提供できるものがないのでは……！

「料理が趣味ですか。それはとても興味がありますね」

「作ることは好きなのですが、食べてくれる人がいないので困っていたんです。そういう意味でも、志葉崎さんが来てくださってよかったです」

「……そ、そうでしたか……」

美形に微笑まれたら釣られて顔が赤くなる。

せめて独創的な料理であってくれたらいいけれど、その予想も外れそう。この男に欠点はないのだろうか。

「他になにをしてほしいですか？　家事の分担は掃除と洗濯、食器洗いやゴミ出しとか。できることがあれば仰ってください」

「週に二回ハウスキーパーと契約をしているので掃除は問題ないですね。洗濯もクリーニングに出していますし、食洗器があるから食器洗いも問題ないかと」

家事はすべて外注で済んでしまいそうだ。趣味である料理だけは彼が担当しているらしい。

「ではせめてゴミ出しくらいは」

「ゴミ出しは重いと思うので女性には不向きかと」

「ひとり暮らしをしていたんですよ？　それに重ければ往復して出すだけですから。ごみ置き場は一階ですか？」

「各フロアにごみ置き場がありますが、それもハウスキーパーの方がほとんどまとめて出してくださるので」

そして毎日出る生ごみはディスポーザーを活用しているらしい。

こんなに家事が苦にならないことがあるなんてどういうこと？

私が項垂《うなだ》れていると、玖条さんはなにか思いついたように提案した。

「では、毎日私の話し相手をしてください。ひとり暮らしですと、仕事以外で話すことが減ってしまうので。食事や就寝前の一時間、ゆっくり話すというのはどうですか？」

そんな寂しい老人みたいなことを言うなんて、よほど仕事が忙しいのだろうか。

「そんなことでいいのですか？　もちろんいつでも話を聞きますよ！　仕事の愚痴とか遠慮なく吐き出してください。なんなら毎晩バーひばりをオープンさせましょうか」

この家にはバーカウンターが当然のようにリビングの一画にあるのだ。ワインセラーもあってお酒の種類も豊富。

私も家飲みをするときは自作のカクテルを楽しんでいる。最近じゃめっきりしなくなったけれど、友人が泊りに来たとき用にシェイカーやマドラーを揃えていた。

「バーひばりですか。それは面白そうだ」

玖条さんはクスクス笑いだした。意外な提案だったらしい。

「ひとつ、お願いを言ってもいいでしょうか」

「はい、なんなりと」

私ができる範囲であれば。

玖条さんは視線を彷徨わせて躊躇《ためら》う素振りを見せた。そんなに言いだしにくいことなのか。

「志葉崎さんのことをお名前でお呼びしても？」

「……え？　あ、はい。どうぞ」

って、それだけ？

他にもあるのだろうとじっと待つが、続きのお願いは出てこない。

「お願いってそれですか？　私の名前を呼ぶこと？」

「ええ、女性のファーストネームを呼ぶなんてあまりない機会なもので」

一体どこの男子校で育ったのだろう。

「えっと……あの、玖条さんのその丁寧な話し方は普段からですか？　接客用の顔ではないなら、もっと砕けた話し方をしませんか？」

「そうですね……この口調はもう癖になっているので、そう簡単には直せるかどうか」

「ご家族ともですか？」

「ええ、まあ……」

玖条さんは苦笑した。家族同士でも丁寧語を崩さないというのは大変そうだ。

でも上流階級のご家庭は複雑そうだし、距離感は大事なのかもしれない。

「無理をしていなければそれでいいんです。もし玖条さんが私に気を遣っているのであれば、もっと楽にしてもらえたらと思って」

「そうでしたか。では……ありがとう、ひばりちゃん」

「……っ！」

不意打ちの流れ弾にでも当たった気分だ。

極上の微笑で「ひばりちゃん」なんて、男性から呼ばれたことがない。

私の赤面に気づいているだろう玖条さんは、「徐々に、ということで」と追加した。

美形に名前を呼ばれるだけで心臓に多大なる負担をかけることをはじめて知った。

◆　◆　◆

共同生活においてルール作りは重要である。

大学時代は同級生とルームシェアをしていたので、ストレスフリーに過ごすための決め事は最初が肝心だと学んでいた。

家主である玖条さんは特に思いつかないらしい。寛大にも程がある。

ようやく絞り出されたのは、お互いのプライベート空間を許可なく覗かないというものだった。

それはもちろん、最低限のマナーだろう。

「他に嫌なことがないか考えてみてください」と伝えたのが昨日の夜のこと。

そして翌朝、私は玖条さんの手作りのフレンチトーストをいただきながら、彼のプレゼンに耳を傾けていた。

彼は前髪を下ろした私服姿だと雰囲気がまた変わる。

スーツ姿できっちり髪をセットしているときは一流ホテルに勤める紳士という雰囲気が強いけど、シンプルなカットソーとジーンズ姿はモデルのオフを覗《のぞ》き見《み》しているみたい。毛足の長いエレガントな犬を散歩させて、カフェでエスプレッソでも飲んでそう。

「……それで、一晩じっくり考えてみたんだけど、ひとつしか思いつかなかった」

「はい、なんでもいいので話してみてください」

フレンチトーストのトッピングにシナモンパウダーが出てくるなんてはじめてだ。おいしすぎて食べる手が止まらない。

「誰かを招くときは事前に連絡するというのはどうだろう」

「それは賛成ですね。まあ、私は人を招くことはないですが」

続きは？　という視線を向ける。

玖条さんは「あとは、帰宅が遅くなるときは連絡を入れること」と、またしても常識的なことを言った。

「それだけですか？　もっとこう、俺のルールに従え的なのはないんですか？」

「特には」

心、広すぎでは？

私なんて自分にしか通用しないマイルールだらけである。

「帰宅したらすぐに部屋着に着替えてほしいとか、荷物を床やソファに置きっぱなしにしないでほしいとか、夜に風呂に入ってほしいとか。そういう細かいこともないんですか？」

大学生時代、冷蔵庫の食べ物を勝手に食べた問題は根深かった。何度ルームメイトとバトルをしたことか……。キッチンの使用もあらかじめルールを決めておいた方がスムーズである。

「なるほど、衛生面の価値観か」

「すみません、今のは一例でして……私のマイルールなので、玖条さんが従う必要はまったくないです」

「いや、帰宅後は速《すみ》やかに手洗いうがいと着替えをするようにしよう。家の中のくつろぎスペースにはなるべく外からのものを持ち込みたくないだろう」

玖条さんは寛容だ。これが圭太だったら「めんどくさい」の一言だろう。他人のルールを押し付けられるのが嫌いな男だったから。

「今のはあくまでも努力ベースということで、絶対的な決め事ではないですよ。しなきゃいけないというのはストレスになりますから」

譲れないポイントはまた各々《おのおの》思いついたときに追加するとして、まずは結婚における条件を作成しなくては。

メモを取りながら、この生活の期間を決める。

「えーと、世間一般でいう結婚記念日を契約更新日にするとしたら、とりあえず一年間様子を見るということでよろしいですか？」

「そうだね、一年続けてみようか」

それよりも早くお互いが無理だと判断したら要相談で、まずはこの一年を無理なく過ごす。

「それで、契約解除《りこん》になり得る絶対的な約束を決めたいのですが、なにがいいですか？　浮気とかギャンブルとか？」

「そうだな、絶対そんなことはしないけど」

「では他にも思いついたら追加するとして……、次はもしも好きな人ができた場合ですが」

玖条さんの動きが止まった。

私の空になったカップを見て、にっこり微笑みかける。

「ひばりちゃん、新しいコーヒーを淹《い》れてこようか」

「え？　あ、はい……ありがとうございます」

ちゃん付で名前を呼ばれることも、笑顔の圧にも慣れない。

なにか今地雷を踏んだかな。まさか一目惚れ云々《うんぬん》が実はまだ生きているとか？

でも後で気のせいだったと思うこともあるだろう。将来本当に妻にしたい女性に出会うかもしれない。

新しいコーヒーを淹れ直してくれた彼をちらりと窺《うかが》う。微笑んでいらっしゃるけど、どことなく機嫌が悪そう。

「ええと、自由恋愛についてはどう思いますか？」

私としてはトラブルの種はなしでお願いしたいけれど、契約結婚で縛るのも……そもそも好きな人ができた時点で契約更新はできそうにない。

「自由恋愛、ね……。君は、僕だけでは満足できそうにない？」

「……っ！」

玖条さんに真っすぐ見つめられて、思わず身体が硬直した。

甘さを感じさせる視線の熱に心臓がドキッと跳ねる。

「そ、そんなことは……」

満足とはなにを指すのだろう。

そう問いたいのに、はっきり確認するのが恐ろしい。

玖条さんはふたたび本音を綺麗に包み隠す笑みを浮かべた。

「じゃあ却下で。既婚者の恋愛なんて結局のところ不倫だから」

マッチングアプリなんてもってのほか。そんなものを利用するだけでも裏切り行為、と至極当然な発言をされた。

「私は恋愛に慣れていないので、99・9％の確率でそんな器用なことはできませんが、玖条さんは別にいいんですよ？　もしも本当に好きな人ができたらはっきり教えてください」

〝永遠の愛〟なんておとぎ話の中だけでしょう？

死ぬまで想《おも》い合う夫婦もいると思うけど、別の人に心を奪われることだってあるはず。それなら私は裏切られる前にきちんと気持ちを伝えてほしい。

「いきなり別の人と関係を持っていましたって、後から知らされる方が辛いです。だったらそうなる前に、気になる人ができたと教えてもらいたいなって」

もしも圭太から教えてもらえていたらどうなっていただろう。タラればなんて考えたって無意味だけど、一晩の過ちで関係を持ってしまったことを明かしてくれていたら、お互いに冷静に話し合いができたのではないか。

「人の心に不変なんてないから、私は誰かの心を縛ることはしたくない」

けれど傷つきたくはないので、傷はリカバリーが効く程度に浅いものをお願いします。深くざっくり致命傷なんて負ったら立ち直れなくなってしまう。

「ひばりちゃん」

名前を呼ばれながら手を握られた。

目の前に座っていたはずなのに、いつの間にか玖条さんは私の隣の席に移動していた。

「僕は君を傷つけることはしないと誓う。だから裏切る行為も絶対にしない」

真っすぐ目を見つめられる。

私がほしい言葉をどうしてこの人は簡単に言えるのだろう。

「……裏切ってもいいんですよ。事前予告がほしいだけなので」

「傷つく準備をするなんて自傷行為だよ」

……そうなのだろうか。

もしもを考えて過ごしていたら心に負荷がかかる。でも、急に「ごめん」って明かされたときの方がずっと負荷が大きい。

ギュッと眉間に皺《しわ》を刻んで黙り込んだ。

誰かを信じ続けるというのはとてつもなく覚悟がいる。

「――お互いが一番の味方でいること。それが僕たちの結婚の条件だよね？」

「っ！」

「だからまずは一年間、僕を信じてみないか？　僕は君の一番の味方でいたいと思う。そして君も僕の味方でいてくれたらうれしい」

恋とか愛とか、そういう感情は芽生えていない。でも、一から信頼を築く努力はできるはず。

「……わかりました。よろしくお願いします」

「うん、よかった。ではここにサインを」

ダイニングテーブルの上に置かれたのは半分記入済みの婚姻届。

「……だから、仕事早いって！」

思わず真顔で詰るのは仕方ない。柔和な微笑が侮れないと改めて思った。

◆　◆　◆

予定通りに引っ越しも終わり、本格的に同居生活がスタートした。

思っていたようなトラブルはなく、そもそも自分専用の水回りが完備されているというのはありがたい。そしてＱＯＬ《クオリティ・オブ・ライフ》は格段に上がっている。

特に毎日のランチは、適当に残り物や冷凍食品を詰めていた日々が嘘のよう……。

「ひばり、料理の腕上がった？　最近のお弁当、めっちゃすごくない？」

お昼時間に同期の柿沢《かきざわ》香織《かおり》から褒められる。思わず心臓がドキッと跳ねた。

「そう？　ありがとう。実は最近料理のＳＮＳアカウントをフォローし始めて、ちょっと盛り付けとか真似てみたんだ」

「へ～なるほどね。おいしそうなお弁当のアカウントとか多いもんね」

うまく誤魔化《ごまか》されてくれてホッとする。

長年使ってきたお弁当箱は私のものだけど、中身はまるで違う。昨夜の残り物ですらなく、すべて玖条さんの手作り弁当だ。

本格的に一緒に住み始めてから早三日。まさか毎日お弁当を用意されるとは思わずびっくりである。

彼は『一個作るのも二個作るのも同じ』と言っていたけれど、お弁当を作る御曹司なんて聞いたことがないよ……料理が趣味なのは味付けからして納得したが。

「でも真夏にお弁当を持って行くのはちょっと厳しいよね。傷まないように考えないといけないから」

毎年夏が来るとお弁当作りは止めていた。玖条さんの愛情弁当もあと一か月ほどしか堪能できないだろう。食べる前に写真に残しておこう。

「そうだ。来月の結婚式なんだけど、結局二次会ってどうなったんだっけ？　もうどこかのレストランでも予約した？」

「……あ」

しまった！　引っ越しとかでバタバタしすぎて、こっちのフォローができてなかった！

結婚式に招待している会社の人は多くはない。だが、上司を含めて数人はいる。

なんて切り出すべきかを考えるが、ありのままの事実を言うしかないだろう。

「ごめん、ちょっとあんまり詳しくは言えないんだけど、来月の結婚式はキャンセルすることになりました！」

「……は？　マジで？」

香織の顔に不安が広がった。なにか不幸なことが起きたのかと心配している。

「ううん、身内に不幸があったわけじゃないんだけど」

「そう、それならよかった……って、全然よくないわよ。どういうこと？　まさかダブルブッキングが起こっていたとか？」

式場の都合でキャンセルなんてありえるのだろうか。飛行機やホテルならまだしも。

サッと周囲を確認する。ここはオフィスの近くの公園だが、幸い人通りは少ない。

「実は別れたの。婚約は破談」

「ええ……！」

そういえば香織は圭太とも面識があったっけ。驚くのも無理はない。

ランチ休憩だと詳しく語るには時間が足りないので、食べながらサクサク伝える。

「だって圭太君とは学生時代から付き合ってきたんでしょう？　ようやくお互いお金も溜《た》まったからって言ってたじゃない」

「うん、そのはずだったんだけどね。向こうが後輩の子に手を出して、授かり婚ですって。おかげで私が進めていた結婚式をお譲りすることになりました」

なんだか三回目にもなると説明がスムーズだわ。心が乱されることもなくなった。

説明された方はショックが大きいが。

「嘘、マジ？　え、だってそんなことするような男には……いや、顔立ちはよかったし社交的じゃ女は寄ってくるか」

「雰囲気イケメンだけどね」

背が高くてスタイルもいいから、それなりに見えているというのもある。学生時代からスポーツもやっていて、そこそこ筋肉質だ。

でも最近になって、一緒にいたら気づけなかった欠点がボロボロ思い浮かぶようになった。多分同棲していたら小さなストレスが積もっていっただろう。

「やっぱり結婚前には同棲した方がいいと思ったわ。たまにお泊りするだけじゃ気づけないポイントって多いから」

同棲していても関係なく浮気をする男はいるが。自宅に相手を連れ込まれたら嫌だわ。

「マジか……ひばりは大丈夫なの？　飲むならとことん付き合うよ？」

「ありがとう。でもね、なんかもういいの。一度裏切る男は何度でも裏切ると思うから、お譲りしてよかったって思うようにした。だから落ち込んでないよ、安心して」

「そう？　本当に？」

心配してくれる友人がいて、私は恵まれている。

お弁当を食べながらだとここまでしか明かせないけれど。

「じゃあ引っ越しもキャンセルだよね。解約手続きとか大丈夫だった？」

「……うん、ぎりぎりセーフ」

小さな嘘をつくのは許してほしい。実は新しい男性と出会って、そっちと暮らしているなんて言ったら絶叫されそう。

私が香織の立場だったら、「絶対騙されてるって！」って言うところだわ。

「でもまだ他の人たちにはこれから話すから、香織も黙っててね」

「もちろん！　人の事情をペラペラ言いふらさないよ」

お互い口が堅いことを信じて明かしている。職場に味方がいるのもありがたい。

三か月後に花婿チェンジで結婚式を挙げるので、そっちに参加してねと言えるのはいつになるやら……なるべく早く伝えないといけないことが多くて気が重い。

「ちなみにご両親は大丈夫だった？」

「……実はまだ言えてない」

「ああ～……気持ちはわかる。でも早めがいいね」

同情した香織がコンビニのスイーツを奢《おご》ってくれた。エールとしてありがたく頂戴した。

この日は一時間ほど残業をしたけれど、通勤時間が大幅に短縮されたおかげで十九時過ぎには帰宅できた。今までだったらプラス三十分はかかっていただろう。

「確か今日は、玖条さん会食だっけ」

夕飯はいらないとのことなので、私だけ簡単な料理を作る。今夜は冷めてもおいしいガパオライスだ。多めに鶏《とり》ひき肉を買っておいたので、一人前だと余りそう。小腹が減った玖条さんの夜食にもなるかもしれない。

エプロンを取りに自室に入る。壁にかけられた額縁を見て、溜息を吐いた。

「見慣れない……記入済みの婚姻届を飾る人って、この世にどれくらいいるんだろう？」

署名後、なくさないようにと玖条さんが額縁に入れたのだ。そしてリビングに飾るのを拒否したら、何故か私の部屋に飾ることになった。

区役所への提出は私のタイミングに任せるそうだ。本気かとツッコミたい。

「……玖条、ひばり……」

これが私の名前になるなんて信じられない。

彼は「僕が志葉崎を名乗るのもいいよ」と言ったけれど、全力で拒否らせてもらった。上流階級育ちのお坊ちゃんにうちの姓を名乗らせるなんて、考えただけでちょっと震える。

「でも、そう言ってもらえたのはうれしかったかな」

当たり前のように女性が名前を変えるべき、という価値観をぶつけられたら、やっぱりちょっと苦しい。今まで過ごしてきた自分の名前を変えたくないと思うのは男女共通なのだから。

でもうちには弟もいるので、私の名前が変わっても問題はない。それに元々、圭太の姓を名乗ることを決めていたから抵抗はないのだ。

とはいえ、いつ婚姻届を提出するべきか。もう少し保留にしていてもいいだろう。

「今の私たちはただの同居人かな？」

もしくは事実婚とか？

でも結婚式を挙げることは決まっているので、やっぱり条件付きの結婚とか、契約結婚というのがしっくりくる。

本当に結婚式を挙げてもいいのかと心配になるけれど……玖条さんのご両親に反対されないだろうか。

ご家族への挨拶を考えると気が重い。それにうちの両親のこともどうしよう。

招待客の友人には結婚式のキャンセルをメールで知らせることにした。元々少人数しか呼ばない予定だったのが幸いだ。地方から来る人たちはホテルと航空券もキャンセルしないといけない。もしもキャンセル料が発生したら私が負担しようと思う。

でも花婿チェンジで結婚式を挙げることを言うべきか否か。いっそ次の結婚式には身内しか呼ばない方がいいんじゃないか。

手早く食事を終えて、あれこれ考えながら食器を洗っていると、玄関の扉が開く音がした。

「玖条さん、おかえりなさい」

いいところに帰って来た。ひとりで悩むより彼のアドバイスを聞いてしまおう。

「ただいま、ひばりちゃん」

「……っ！」

彼のはにかんだ笑顔の破壊力よ……一日の疲れが吹っ飛びそうなのですが。

「おかえりなさいと言われるのが慣れなくて、少し照れるね」

「そうですか」

それを言ったら、ひばりちゃんって呼ばれる私の方も照れるんですが。訂正するタイミングを逃してしまい、このままになっているけれど。

「もちろん僕も君におかえりを言ってあげられたらいいなって思ってるよ」

「あ、ありがとうございます」

むず痒《がゆ》い……なんだこの会話は。

照れくささが伝染しそう。顔に熱が上りそうになるのを堪えて、私は玖条さんのお腹の空き具合を尋ねる。

「会食は食べられましたか？　お酒しか召し上がっていないようでしたら、軽くご飯食べますか？」

「ありがとう。ほとんど食べてないからいただこうかな」

玖条さんに着替えを促し、スープを温め直す。二十一時を回っているのであまり重くない方がいいだろう。

軽めにご飯をよそい、目玉焼きも焼いた。スープとサラダもつけて、ワンプレートのガパオライスをダイニングテーブルに運ぶ。

「重かったら残してくださいね。お口に合うかわかりませんが」

料理上手な人に手料理を食べてもらうって勇気がいるな……今日のお弁当も大変美味でした。

「ありがとう、いただきます」

玖条さんと自分用にお茶を淹れて、彼が食べるのをじっと見守る。食事の所作も美しい。

「うん、おいしい。ピリ辛加減もちょうどいい」

「よかったです。味変のナンプラーもあるので、お好みでどうぞ」

にこにこと笑顔で食べられるとほっこりするな……会話をしない時間を楽しめるなんて考えたこともなかった。

同じ空間にいても緊張しなくて居心地がいい。家の中が癒やしの場所になっているみたい。

たった数日しか一緒に住んでいないのに図々《ずうずう》しいかもしれないけれど。彼の隣はなんとも言えない空気感がある。

「玖条さんのお弁当もすごくおいしかったです。同僚からも褒められましたよ」

毎日作っていただくのは申し訳ない。彼もランチミーティングとかあるだろう。

「よかったら明日は私がお弁当を作りましょうか。もしお昼の予定がなければですが」

「ありがとう。お弁当作りが負担ではなければお言葉に甘えようかな」

通勤時間が短縮されたので、朝の時間にもゆとりができた。ふたり分のお弁当も余裕だ。

食事を終えた玖条さんに両親への報告と、結婚式の招待について相談する。これから本格的に進めるのであれば急いで準備を始めなければ。

「玖条さんのご両親にも挨拶をしないといけないですね」

「僕の家族のことは後回しで大丈夫。まずは君のご両親を安心させた方がいい。ご挨拶に行くのはいつでも問題ないから、都合のいい日が決まったら教えてくれる？」

後回しで大丈夫とは……実は結構緩いご家族なのだろうか。

「なんなら今電話しちゃおうか」と笑顔で提案されて、心臓がドキッと跳ねた。やはり玖条さんは仕事が早い。

まだ二十二時前なので、両親が寝るには早い時間だ。

スマホを凝視しながら唸《うな》り声《ごえ》を上げていたら、ピコンとアプリの通知が入った。母からのメッセージだ。

『結婚式に着ていく洋服買ったんだけど、どうかしら』と写真付きで。

「あ、あああ……」

「詳細は伏せていてもいいんじゃないかな。事実だけを簡単に伝えたらいいと思うよ」

話したくないことまで言う必要はない。玖条さんのその言葉に頷いた。

「あとは、僕が君の結婚相手に相応《ふさわ》しくないようであれば、来月の結婚式だけをキャンセルすると伝えたらいいんじゃないかな」

「そんな、相応しくないなんてめっそうもない！」

上から目線で選べる立場ではないですよ！

それにこの数日一緒に過ごしてきたが、不満なんてひとつもないのだ。恐ろしいまでに快適な暮らしを得られている。

「むしろ玖条さんの方こそ、私に不満があるなら今がラストチャンスですよ？　家族に紹介する前に花嫁チェンジを……」

「しないよ？」

はっきり断言された。

ありがたい反面、ちょっとびっくりする。

「君に不満なんてあるはずがない。ただいまとおかえりが言えて、僕の料理を食べてくれて、こうしてご飯も作ってくれて、おはようとおやすみも言える。十分すぎるくらい毎日が充実している」

えらくハードルが低くないだろうか。

「それ、誰でもできると思うけど……」

玖条さんはなにかを思いついたように、「不満といえば」と切り出した。

「君の口調がずっとよそよそしいことと、いつまでも玖条さんと呼ばれることかな」

「え……」

彼の丁寧語は指摘したくせに、自分はそのままではないかということか。

いや、でも私と玖条さんでは立場が違うので仕方ないと思うのですが……。

「では、どうお呼びしたら……」

「口調はカジュアルで、僕のことも名前で呼んでほしい。晴臣でも晴《はる》だけでも」

はるタン、みータンまで笑顔で言われ、完全にからかわれている。一体みータンはどこから来たんだ。

そういえばこれまで男性の名前呼びなんて弟と圭太しかいなかったかも。

「では……は、晴臣さん？」

「堅いから却下」

却下？　名前を呼んで却下されることもあるの!?

「ちょっと無茶《むちゃ》ぶりでは！」

「結婚するのに関係がよそよそしい方が怪しまれると思うけど？」

「う……うう……」

絶対に訊かれるであろう出会いを考えると、つい先日とは言えない。以前から知人関係だったと言った方が周囲も安心する。

いつまでも玖条さん呼びが堅いのはわかるけど、晴臣さん呼びも堅いとは思わなかった。なんだか呼び名を考えるだけで身体が熱くなってくる。

「じゃあ……、は、晴君、とか？」

はるタンよりはマシだ。

思い切って呼んでみたら、玖条さんは頬杖《ほおづえ》をつきながら相好を崩す。

「うん、いいね。採用」

なんだろう、この一連の会話は。

中学生カップルじゃあるまいし！　と思うも、今時の中学生ですらこんな呼び方ひとつで赤面しないと思う。

自分の恋愛偏差値が低すぎて、一般的なカップルの基準もわからない。

「さて、ひばりちゃん」

「な、なんでしょう……いえ、なあに？　晴君」

私の気力がガリゴリ削られている。

「ご両親に会う前に、もう少しカップルらしいことに慣れた方がいいと思うんだけど。今のままだとまだ他人行儀すぎる」

「口調を改めたら距離も縮まるのでは？」

「そうかな。でもそれって友達でも同じことが言えるよね」

いや、まあそうなんだけど……私の場合はすぐに恋愛に目覚めている方が浮気を疑われないだろうか。

「じゃあ家族に私たちのことを説明するなら元々知り合いという設定で、私が落ち込んでいるときに慰められたのがきっかけ……みたいな？」

「密《ひそ》かにずっと片想《かたおも》いをしていた僕が、傷心中の君に猛アプローチをしたということでもいいんじゃないか」

「それ絶対、うちの娘のどこがよかったのかと問われるやつ……」

「君の魅力はたくさんあるけれど、一途《いちず》なところも素敵だと思ってるよ」

ずっとよそ見をせずに元カレだけを好きでいた。それを一途だと解釈されると照れくさいやら、気まずいやら。

「そうかな。私、一途だったのかな」

「少なくとも君の話を聞いた僕の感想は、〝一途に想われて羨ましい〟だった。君がどう思っているかはわからないけど」

浮気をされていることにも気づかない馬鹿な女のことも、玖条さんにしてみたら一途な女に見えるらしい。なんていい人なんだろう。

「晴君は、絶対ホストとかになっちゃいけない人種だと思う」

「どうしたの、急に」

温《ぬる》くなったお茶を一気飲みした。心臓が騒がしくて情けない。

「もう電話をするのは遅い時間だから、メッセージだけ送っておいたらどう？　僕のことを後で伝えるか、今伝えるかはひばりちゃんの判断に任せるよ」

玖条さんはちゃんと私に逃げ道を用意してくれる。

彼との結婚だって、最終的には私の判断に委ねてくれているのだ。

私がとんでもない悪女だったら、彼は搾取されまくるのではないか。

まだ深く知らない相手を信用しすぎない方がいいと思うけど、彼の信頼を裏切りたくないという気持ちが強い。

「ううん、伝えておく。八月に結婚式をするので、そっちに参加してほしいって」

「わかった」

たった一言だったけれど、そのときの彼の微笑が優しすぎて。なんだか胸の奥がキュウッと収縮した。

◆　◆　◆

両親への挨拶の日程も決まり、後戻りはできなくなった。

とはいえ、玖条さんとの結婚にデメリットはない。結婚式は挙げるけれど一年間は様子見でＯＫで、結婚生活がスタートしてもいつでも終止符を打つことはできる。

玖条さんは煩わしいお見合いや紹介を断ることができて、私は憧れていた結婚式を挙げて祖母を喜ばせることができる。Ｗｉｎ―Ｗｉｎの関係だ。

でも、実はまだ話し合えていないことがあった。結婚後の性生活についてだ。

「そういえば子供の有無を聞いてなかったな……」

別れるかもしれない結婚相手に子供を産んでほしいとは思っていないだろうけど、書面に記してはいない。

正直なところ、私自身は子供がほしいかどうかはわからない。今までは自然の成り行きで任せていいのでは？　とか思っていたけれど、そもそも妊娠出産が怖すぎる。

子供のことは置いておいても、玖条さんは性欲処理をどうするつもりなんだろう。なんとなく淡白なイメージがあるけれど。

「やっぱり自由恋愛はＯＫにしておいた方がいいのでは……」

「やっぱりってどういう意味？」

「っ！」

夕飯作りをしていた手が止まった。

「玖条さ……いえ、晴君。おかえりなさい」

「うん、ただいま」

音もなく帰宅するなんて心臓に悪い。それとも私が気づけなかっただけか。

「えっと、今日の夕飯は麻婆《マーボー》豆腐を作ってみたんだけど」

「ありがとう。すごくおいしそうだ」

そうでしょうとも。私の得意料理のひとつである。

まあ、いつも分量を間違えてひとり暮らしなのに四人分とか作ってしまうのだけど。

帰宅後の着替えを促すと、玖条さんは寝室へ向かう。そしてくるりと振り返った。

「さっきの話は後で聞かせてもらうから」

「は、はい……」

……笑顔の圧が怖い。美形はどんな表情でも凄《すご》みがある。

うっかり水溶き片栗粉《かたくりこ》がダマになってしまったけれど、失敗した部分は私のお皿によけておいた。お味噌汁《みそしる》と春雨サラダと麻婆豆腐をテーブルに並べた。ついでにきゅうりの酢の物も用意する。なんの変哲もない家庭料理だけど、玖条さんはなんでもおいしいと言って食べてくれる。どこかの誰かみたいに、今日はあれがよかったとかは決して言わない。

「ひばりちゃん、平日の夜にこれだけ作るのは大変でしょう？　無理しなくていいんだよ」

「いえ、無理のない範囲でしているので……それに、定時で帰れるときは極力自炊したいなと」

家賃を支払っていないので、せめて食事くらいは作らせてほしい。とはいえ、玖条さんにお弁当を作ってもらっているが。

ぽりぽりときゅうりの酢の物を食す。空気が張り詰めている気がするのは気のせいではないだろう。

いつも以上によく噛《か》んで食事をし、食後のお茶を淹れたところで本題を切り出された。

「それで、さっきの発言について説明してもらっても？」

――来た！

「いえ、なんて言いますか、その……」

「君は僕以外の男と恋愛がしてみたいの？」

なんという誤解だろう。私は激しく首を左右に振った。

「いえいえ、そんなことは決して……！」

「そうだよね。ひばりちゃんはそんな器用なことができる人じゃないものね」

一途という、長所なのか短所なのかわからない発言を思い出す。

「それに恋愛がしたくなったら僕とすればいいだけだ」

「は？」

本気？　意外すぎてびっくりしていると、玖条さんは珍しく眉を顰めた。

「なんでそんなに驚いているのかな。僕は君に一目惚れしたと言っていたはずだが」

「……それは私に負担をかけさせないための嘘かなって。だから晴君が恋愛をしたくなったらどうぞと言うつもりでいたというか」

「どうぞとは、他の女性を好きになっていいですよと。そういうこと？」

そう言われると人でなしのように聞こえる。

「君は100％僕を好きになることはないと断言できるの？」

「え？　いや、それはどうかな……？」

「絶対恋愛対象に見ることはないという確信があるならあらかじめ教えてほしい」

そんな確信を持っている人は限りなく稀《まれ》では？

「それは恋愛対象が同性だとわかっている人くらいかと……いや、でも晴君相手ならバイセクシュアルにも目覚めそう？」

男女ともに。言わんけど。

「つまり僕も君の恋愛対象になる可能性があるということだよね」

「そうなりますね」

「それなら僕を好きになっても問題ないね？」

「大有りでは！」

好きになった後に離婚って言われたら、めちゃくちゃ大火傷《おおやけど》する自信がありますが！

適度な距離感を保っているから、冷静に話し合いができてあっさり条件付きの結婚に頷けるのだ。これで本物の恋心なんか芽生えてしまったら泥沼化待ったなしである。

「この結婚なら子供を作るのもアウトだし、性欲処理は他所でするしかないと思うので、晴君の行動を制限するつもりはないですよという意志表示を……！」

「性欲処理を他所で、ね……まさかそんな心配をされていたとは」

なんだか溜息を吐かれてしまった。

「君の言いたいことはよくわかった。でもその心配は無用だ。僕は勃たないから」

「え？」

「どんなに魅力的な女性に誘惑されても興奮しない。だから他所で女性と自由恋愛を楽しむ必要もない」

さらりととんでもないカミングアウトをされてしまった。センシティブな個人情報を知ってしまい、返答に詰まる。

「さ、さようで……」

「結婚の条件に自由恋愛の項目はなし。それに、他に好きな人ができた時点で相談するという話だろう？」

「確かに」

相手を裏切る前に要相談。まあ、よほどのミラクルが発生しない限り、私に好きな人はできないと思うけど、玖条さんのことはわからない。

美男子なのに不能だなんて、神様も大変な意地悪をするものである。むしろモテすぎたため発症したのかもしれないが。

「それと、ひばりちゃん」

「はい！」

背筋をピンと伸ばした。気分は教師と生徒、上司と部下だ。

「君が性欲を発散させたくなった場合は僕を頼るように」

「はい！　……はい？」

「挿入するだけがセックスじゃないんだよ？」

「ひえ……っ」

玖条さんは妖しい微笑を浮かべて去って行く。

その後ろ姿を見つめながら、私の心臓は一瞬止まりかけた。

「今のはつまり……」

他の男を頼ったら容赦しないということだろうか。

セックスのやり方なんていくらでもあると言われても、私の乏しい知識では理解が追い付きそうにない。

ハマったら抜け出せそうにない沼が家庭内にも存在するなんて勘弁してほしい。

脳裏に焼き付いた玖条さんの微笑がしばらく消えそうになかった。

# 第三章

五月最後の週末に家族と玖条さんの顔合わせが決まった。最初は実家に行こうとしたが、家族のリクエストで都内のレストランで食事会をすることになった。両親と祖母、それに何故か弟までついてくるという。

実家は神奈川《かながわ》県にあり、都内まで一時間ちょっとの距離だ。高齢の祖母もついてくるとなれば車で来るかもしれない。

圭太との結婚は破談になったとメッセージを送った後は、追及の嵐が凄まじかった。すぐに父から電話がかかってきて、なにがあったんだと心配してくれたのはありがたいけれど、度を超すとちょっと踏み込みすぎである。

騒ぎ立てる男性陣とは真逆に、母と祖母の冷静さが逆に怖かったけれど。マリッジブルーではないことを確かめられて、相手の浮気が原因と告げたら全員大人しくなった。

『結婚前にわかってよかったわね。でもきちんと落とし前をつけるのよ』と、母たちに言われてハッとした。そういえばまだ慰謝料とか振り込まれていないんですが？

「まさかあいつ踏み倒す気じゃ……」

婚約破棄の慰謝料の相場は最低でも三十万からだそう。

精神的苦痛を被った費用も加算したかったところだけど、なにも診断がついていない状況なので止めておいた。

引っ越し代の全額と、新しくマンションを借りた場合の敷金礼金の相場を合算したら三十万ほどだったので、それをメールで送ったのだけどスルーされている。

実際引っ越し代は玖条さんが持ってくれたので私の懐は痛んでいないが、圭太から振り込まれた分をお渡しする予定だ。

現在は知人宅に仮住まいをしており、新居を探し中という態《てい》で伝えている。

「しょうがない。期日までは待ってみるか」

一応結婚式までは忙しいだろうから、式の後まで待ってあげると伝えている。正直自分でも甘いと思う。

そして元カレと浮気相手の結婚式に参戦することを考えると気が重い。

よくよく考えると、あのふたりのために一円だって使いたくないのですが？

怒りに支配されていたときは完璧なヘアメイクとドレスで着飾って、余裕の笑顔で「おめでとう」

を言ってやろうと思っていたけれど。何故私がそんなお金と労力と時間を使わなくてはいけないのか。

「そもそも新婦側も人が集まるのかな」

キャンセルが大量にあったら式場に迷惑をかける。まあ、私は知ったことではないけれど。

私の招待客だった人たちには全員にお詫《わ》びの連絡を入れた。

上司からは必要以上に気を遣われてしまい、いつでも有給を申請していいとまで言われてしまった。私が精神的に落ち込んでいると思っての気遣いはありがたい。遠慮なく有給は使わせてもらおう。

玖条さんの家に居候をさせてもらってから、今まで以上に肌と髪の手入れを念入りにしている。やつれた顔で他の参列者から同情を誘うのもアリかと思ったけれど、惨めな気持ちになるのは絶対に嫌だ。

「別れて正解だったね」という言葉が本物であるように、圭太にも惜しかったと後悔させてやりたい。そして盛大な皮肉を言うのだ。「振ってくれてありがとう」と。

朝の支度を終えてリビングへ向かう。

どうやら玖条さんはもう出勤済みのようだ。ダイニングテーブルには私用に作ってくれた朝ごはんが置いてあった。

「ホテルの朝食みたいなプレーンオムレツを作れる美形なんてドラマの世界だけでは？」

サラダとオムレツにスモークサーモンとクロワッサン。オシャレな朝ごはんである。

圭太は一切料理をしなかったので、結婚後は私が担当するんだろうと思っていたけれど。玖条さんと住み始めてから人が作ってくれるご飯のおいしさとありがたさを実感した。

「食費も増やした方がいいよね。家賃と光熱費を受け取ってもらえないとなると、私にできることは食費を出すくらいかな」

スーパーでの買い物は私が負担している。でもそれも玖条さんにとっては不満らしく、チャージタイプの交通系の電子マネーを使用するようにと言われてしまった。取り急ぎチャージ金額の上限の二万円まで入っているとか。

そのうち私名義のクレジットカードまで手渡されそう……結婚したら家族カードが作れるはず。

食事を終えて使用済みの食器を食洗器に入れた。忙しいのに私のために作ってくれたお弁当を見ていると、うれしさと同じくらい手間をかけて申し訳ないという気持ちにもなる。

でも今日のお弁当にはなにが入っているのだろう。玖条さんが作ってくれるだし巻き卵が絶品なので、入っていたらうれしい。

出勤前の支度を終えた頃、どこからか電子音が聞こえてきた。

「え、スマホ？」

思わず私のスマホを確認するが、鳴っている形跡はない。

「まさか玖条さんのとか……」

音の在処《ありか》を辿《たど》る。彼の書斎から聞こえてきた。

そういえば互いの寝室には無断で入らないというルールを作っていたけれど、書斎ってどっちだっけ。

「どうしよう、緊急かもしれないよね」

そもそも玖条さんがスマホを忘れるなんて。よほど慌てていたのだろうか。

どこに忘れたのかわからなくて電話をかけているなら出るべきだ。

そっとドアノブを押すと、書斎に鍵はかかっていなかった。

壁の一面には大きな備え付けの本棚があり、専門書のようなもので埋まっている。シンプルなモノトーンで揃えられた家具はハイセンスかつエレガントで、きっと海外デザイナーのものなのだろう。

「あ、あった」

スマホは書斎の机に置かれていたが、私が出る直前で切れてしまった。

発信元は知らない人の名前だ。仕事の関係者だろうか。

「スマホがない人にどうやって連絡を入れるべきか……」

私が一日持ち歩いていた方がいいのかな？　それとも玖条さんのメールアドレスに連絡を入れるべき？　確か出会った日に名刺を貰っていたはず。

ふと、本棚の一画に置かれている写真立てが目に入った。

「へえ～写真なんて飾るんだ」

ご家族の写真だろうか。案外可愛らしいところがある。

写真の中にいたのは十歳くらいの男の子と幼稚園生くらいの女の子。そしてその女の子には見覚えがあった。

「……あれ？　これ、私では？」

思わず写真立てを持ちあげる。どこから見ても自分の幼少期にしか見えない。

「しかもこのドレスって、あの結婚式場で着させてもらったやつ……？」

五歳の頃に参列した軽井沢のチャペルで、私の憧れになった場所だ。

結婚したのは母の従姉《いとこ》の娘なので、私にとって新婦ははとこに当たる。母方の親戚は仲がよくて、従姉妹《いとこ》同士の付き合いも親密だったらしい。

薄いピンクのドレスは私がはじめて着させてもらったお姫様みたいな服で、しばらくずっとお気に入りだった。でも隣に立つ男の子は誰だろうか。

「親戚の子？　こんな美少年いたっけ？」

親戚の集まりでアイドルのように可愛い少年と遭遇した記憶はない。どことなく儚《はかな》げで、中性的な美少女にも間違われそう。

でもこの写真が玖条さんの部屋に飾られているということは、美少年は玖条さんで間違いないだろう。

「んん～？　結婚式の思い出って、すごく楽しかった記憶はあるんだけど。参列者までは覚えてないな……」

アルバムを見直して記憶を辿ることはしていた。でも、うちのアルバムに美少年と映ったツーショット写真は残っていない。

結婚式の興奮と憧れは強く残っているけれど、その他の記憶は曖昧なところも多い。

子供時代を思い出そうとしていたとき、ふたたびスマホが鳴った。

「っ！　はい、もしもし！」

いけない、思わず人のスマホに出てしまった。

なんて言い訳をしようかと考えていると、電話から玖条さんの声が聞こえてきた。

『ああ、よかった。どこにスマホを置き忘れたのかと思って』

「すみません、勝手にお部屋に入ってしまって……」

『いや、僕の方こそ。出勤前の時間にごめんね。スマホは適当にダイニングテーブルにでも置いておいてくれるかな。後で取りに行くよ』

「はい、承知しました」

慌てて写真を元の場所に戻して、玖条さんの書斎を後にする。

言われた通り彼のスマホはダイニングテーブルの上に置いておいた。

「あ！　私も仕事に行かなきゃ」

家を出るのが予定よりも五分遅くなってしまった。通勤バッグとお弁当を持って、慌ただしく部屋を後にした。

◆　◆　◆

通話を切った晴臣は、持ち主にスマホを返した。

「どうもありがとう」

返された本人は微妙な顔でそれを受け取った。

「晴臣さま、わざとスマホを忘れましたね？」

「わざとなんて人聞きの悪い。置きっぱなしなのを覚えていただけだ」

「同じです」

人気の少ない早朝のオフィスにて。晴臣は秘書の黒坂《くろさか》からスマホを借りて、時間を見計らって電話をかけた。この時間ならひばりはまだ出勤していない。

「基本的にマナーモードに設定しているはずでしょう。仕事用のスマホではないのですから」

忘れたのはプライベート用のスマホであり、仕事用はきちんと持ち歩いている。だがひばりに教えている番号は彼のプライベートの方だ。

「何故そんなことを?」と目で問いかける黒坂に、晴臣は笑みを深める。

「そろそろ距離を詰めてもいいかと思って。今頃彼女は、見てはいけないプライベートの写真を見てしまったと思っているだろうから」

子供の頃のツーショット写真は作り物ではない。実際過去に撮影した本物の写真だ。

「罪悪感とともに、どうして自分の幼少期の写真が飾られているのかと疑問を抱くはずだ。ここで俺のことを思い出してくれたら運命を感じるだろうし、思い出さなかったらそのうち俺に直接尋ねてくる」

彼女は見て見ぬふりができない性格だ。しばらく黙っていても、そのうち我慢の限界がくるはず。

「あなた、彼女に好かれるために一人称まで変えているのですか? プライベートで「僕」なんてはじめて聞きましたよ」

「その方が紳士的に聞こえるだろう? それに彼女が別れた男と同じ一人称は嫌じゃないかと思っ

て」

ひばりが六年も共に過ごしてきた男と同じ印象を抱かれたくはない。彼女から好印象を得られるためなら、晴臣は口調も一人称も、性格だって変えられる。

「好かれるためにそこまでしますか？　あのチャペルの買収をねだったのが十歳だったと知ったときはさすがに寒気がしましたよ」

「子供らしいおねだりだろう？」

黒坂の表情が嫌そうに歪《ゆが》んだ。そんな子供は自分の常識の中には存在しないとでも言いたげだ。

晴臣は手帳を取り出し、自宅の書斎に飾っているのと同じ写真をじっくり眺める。

汚してなくさないように何十枚も特別な思い出の写真をプリントしているし、どこでも眺められるようにスマホにも取り込んでいた。

「穴が開きそうなほど眺めても可愛いさが消えない。何年経っても彼女の愛らしさは色褪《いろあ》せない」

あの日の出来事は、つい先日のように思い出せる。

幼い彼女に手を引かれて、結婚式ごっこに巻き込まれたのがすべてのはじまりだ。

見知らぬ少女からごっこ遊びを持ちかけられたときは驚いたが、これをごっこで済ませたくないと思ったのだ。

本人は忘れているようだが、結婚式ごっこを本物にすればいいと言ったのは彼女の方である。

晴臣はそれを実現したいだけ。

「ようやく俺のテリトリーに囲うことができた。少しずつ距離は縮まっているけれど、まだ足りないな」

「どこが少しずつなんです？　初対面でいきなり結婚を持ちかけるなんて、普通ではない距離の縮め方ですよ」

「俺はせっかちなんだ」

それにうかうかしていたら彼女の気が変わってしまうかもしれない。

やっぱり元カレが好きだと言われたら、彼が勤める会社になんらかの圧力をかけて外国の僻地《へきち》へ転勤なんてことも考えられる。……今のところする予定はないが。

「それで本当に契約結婚をされるのですか？　いろいろと条件をつけているようですが」

「もちろん。絶対に離婚にはならないけど」

契約なんて名前がつかなくても、そもそも結婚自体が契約である。それを同じように理解しているか、書面に残しているか否かだけでしかない。

夫婦が同じ方向を向けなくなったら離婚なんて自然のことで、それが嫌ならそうならないように双方が努力を続ければいい。

ずっと一緒にいたいなら、相手を尊重し思いやる心が大事だ。

――好きな人ができたら要相談、なんてことにはさせないが。

好きな人を作る隙間を与えなければいいだけのこと。

もしも寂しさから他の男に目移りをするならば、寂しいなんて感じる暇もないほど愛せばいい。

当然、晴臣はひばり以外を愛するつもりはない。

「齢十歳で生涯の伴侶を見つけるとか末恐ろしい……」

「俺はまともだと思うが。父さんなんてまだヨチヨチ歩きの母さんと出会ったときにはもう、大人になったら結婚すると決めていたらしい」

晴臣の母は物心がつく前には許婚《いいなずけ》がいた。幼馴染《おさななじみ》同士の結婚で、よそ見をすることもできないまま二十歳で結婚。父の囲い込みは執念深いと言えるほどのものだったそうだ。

「血筋ですね」

「祖父の話も聞くか？」

「いいえ、結構です」

玖条の男は一途なのだ。いっそ気持ちが悪いほどに。

そんな男たちに見初《みそ》められた晴臣の母や祖母は絆《ほだ》されて結婚したパターンである。もういいか、仕方ないと諦めて結婚したが、傍《はた》から見ていても夫婦仲は良好だった。

――これでも、何度もひばりを諦めようと思ったんだ。

晴臣は実父たちのように囲い込むつもりはなかった。ひばりの幸せを優先することが大事だと思っていたから。

彼女が望んだ相手と幸せな家庭を築けたらそれでいい。思い出のチャペルでなくても、彼女の理想を詰め込んだ結婚式が挙げられるのなら見守るだけだと思っていたのだ。

だが、先に裏切ったのは男の方。ひばりの愛を捨てるなど思わず殺気立ってしまいそうになったが、すぐに好機だと捉えた。

ずっと見守り続けてきた彼女を幸せにできるのは自分しかいない。いっそ窒息するほどの愛を与えて傷ついた心を癒やしたらいい。

——不能だと言った意味をどこまで理解しているか。

他の女に恋をすることも、性欲処理を依頼することもない。何故ならひばり以外には勃たないから。

まさか自分以外にとは思ってもいないだろう。晴臣のすべての愛はひばりにしか注がないということも、彼女はまだ気づけない。

「純愛だろう？」

「それ、ご自分で言いますか。くれぐれも犯罪行為はしないでくださいね」

「お前は俺をなんだと思ってるんだ？」

「愛の奴隷でしょうか」

「違いない」

晴臣は喉奥で笑い、今夜ひばりと会えるのが楽しみになった。

◆　◆　◆

「疲れた……」

一日の仕事を終えて、げっそりしたまま帰宅した。

仕事のトラブルも大変だったが、頭の隅では写真の謎が気になりすぎていつもより集中力も欠けてしまった。

「げえ、また催促メール来てる」

仕事用のスマホなんて正直持ち歩きたくはない。終業後にメールをチェックする必要はないのだけど、緊急に備えて持っていてほしいというのが上司の方針だ。

原料や資材専門の商社で、私は主にヨーロッパの輸入品を扱っている。

急ぎの貨物が運悪くストライキに引っかかり、船が遅延の挙句キャンセルになってしまった。急《きゅう》遽《きょ》航空に切り替えたけど物量が多くてスペースの確保がなかなか取れず、航空代の承認に時間がかかり納期に間に合うか微妙という事態に。海上と航空の調整でお昼休憩も満足に取れなかった。

元はと言えばギリギリで発注されたのも原因なのだけど、そこは私の担当ではない。営業の担当ももう少し余裕を持ったスケジュールを組んでほしい。

手早くメールの確認を済ませて、返事は明日で間に合うと判断した。

「え、もう二十時？　玖条さんは帰宅してるかな？」

今日は外食をするとは聞いていない。遅くなるとも言っていなかったので、きっと夕食に合わせて帰宅しているはずだ。

残業が確定した時点で遅くなる連絡はしたけれど、なにかお惣菜《そうざい》でも買って帰った方がよかったかな。

合鍵を使用して玄関の扉を開いた。この玄関だけで私のマンションの部屋より広いと思う。

「おかえり、ひばりちゃん」

「た、ただいま、晴君」

とっくに帰宅していた玖条さんに出迎えられた。いつもは私が出迎える方なので、なんだか少しそわそわする。

「……あの、それは一体」

「ハグ。疲れているんじゃないかと思って」

玖条さんが両腕を広げてみせた。

まさかそこに飛び込んで来いとか？　と思ったら、そのまさかだった。

「そんな、もったいないので遠慮します」

「もったいない？　君は不思議なことを言う」

スーツ姿の玖条さんはどこから見ても隙のない完璧な紳士だが、カジュアルな服装のときも別の意味でイケメン度が上がっていて困るのだ。前髪の有無で魅力が変わりすぎる。

「ひばりちゃん」

「……っ！」

じっと見つめられると、不思議と抗《あらが》えなくなる。

まるで玖条さんから発せられるフェロモンに引き寄せられるように、私の身体はふらふらと彼の胸へ吸い込まれていった。

「お仕事お疲れ様」

抱きしめられながら、頭上から労わりの声をかけられる。

そんな風に優しく囁《ささや》かれたらこの場で蕩《とろ》けてしまいそうなのですが。

「……晴君も、お疲れ様です」

「うん、ありがとう」

確実に私より忙しいはずなのに、疲労を感じさせない爽やかさはなんだろう。

しかも玖条さんからいい香りがする。

一日経った香水の匂いは個人の体臭と混ざり合って、その人にしか醸し出せない独自の香りになると聞いたことがあるけれど。まさしくそれだろうか。

そういえば今日は化粧直しをする余裕もなかったので、至近距離で顔を合わせられないな。ファンデーションが毛穴落ちした顔とか見られたら幻滅されるかも……。

いや、幻滅されたら嫌というより、単純に私が恥ずかしい。

それに玖条さんには写真の真相を訊かないといけない。こんな風に抱きしめられてヘロヘロになっている場合ではないのだけど……。

「今日は焼き小籠包《しょうろんぽう》にしようと思って、あとは焼くだけなんだ。ひばりちゃん、この間食べたいって言ってただろう？」

「え！　覚えてたの？」

玖条さんのキッチンから発掘したホットプレートにたこ焼き用のプレートもついていた。

いつか自宅でも小籠包を作ってみたいって言ったけれど、まさか平日の夜にすることになるとは思わなかった。

「トマトと卵のスープとサラダも用意してるから、着替えておいで」

ギュッと抱きしめられた後、そっと頭を撫でられた。

「あ、はい……」

自室でひとりになると、どっと心臓の鼓動が速まった。

「なんだろう、今のは……！」

ハグをされて出迎えられたのがはじめてだったから、驚きでドキドキしているだけではなさそうだ。

ふいに見せられた包容力に心がぎゅんぎゅんと音を立てている。

抱きしめられた腕の力強さと温かさが心地よくて、疲れた身体には薬にも毒にもなりそう。

「待って、これでうっかり恋愛感情が芽生えてしまったら、私どうなっちゃうんだろう」

玖条さんの沼にハマったら危険だ。絶対這《は》い上《あ》がれなくなる。

適度な距離感を維持しないと危ないのに、なんだかどんどんパーソナルスペースが侵されていきそう……。

彼の優しさに甘えてはダメだ。

そう思っているのに、私の胃袋は確実に掴《つか》まれていた。

「味はついていると思うんだけど、酢醤油《すじょうゆ》とラー油もどうぞ」

「ありがとうございます、いただきます」

熱々の焼き小籠包を一口噛んだ瞬間、肉汁がぶしゅっとテーブルに飛んだ。

「わああ！　ごめんなさいっ」

「綺麗に弧を描いたね」

玖条さんはサッとティッシュを取って差し出してくれた。なにも言わずにテーブルを拭いてくれる。

「すみません、玖条さん。後始末をさせて」

「僕がやりたくてやっているだけだから。それより、味はどう？　薄いかな」

「いえ、全然。すごくおいしいです！　はじめて作ったとは思えないくらい」

「それはよかった」

私は玖条さんが焼き小籠包に噛みつく姿をじっと見守る。

「熱いね」と言い合いながらご飯を食べられるなんて、これは私が望んでいた幸せな生活というやつではないか。

「……っ」

なんだろう、急速に顔が熱いんですが！

「ひばりちゃん、顔が赤い。熱でもある？」

「え？　いえ、全然!?」

違う違う、好きとかそういうのじゃない。

玖条さんは、なんだかもうよくわからないけど玖条さんというカテゴリーに属している人で、そして好きになったら確実に厄介な人だ。

正直恋愛という意味でのドキドキは久しく経験したことがない。圭太と付き合い立ての頃も、どんな感じだったのかよく思い出せない。

「ひばりちゃん、さっきから口調が戻ってるよ。はい、ビール」

「え」

なにも言っていないのにビールが出てきた。もちろんありがたく頂戴する。

「ありがとう、おいしい……晴君はどこにでもお嫁に行けるね」

「はは、僕がお嫁さんになるの？」

料理上手で気遣い屋さんで優しくて。ミスターパーフェクトな御曹司とか、世界中を探しても彼しかいないと思う。

スープの塩味もちょうどいいし、サラダのドレッシングも手作りだそうだ。ドレッシングの手作りとか一般的なの？　意識が高すぎでは。

「本当にいつもおいしそうに食べてくれるからうれしいよ」

「なにを食べてもおいしいから。もうお店のだし巻き卵は注文できないと思う」

今日のお弁当にも大変癒やされた。

昼食時間が取れなかったので仕事をしながら食べていたけれど、だし巻き卵が入っていただけでテンションが上がった。

「お世辞でもうれしいな。君のためならいくらでもだし巻き卵を作ってあげる」

ありがたすぎて拝んでおいた。

「ありがとうございます、晴臣さま」

「実は結構酔ってる？」

まだグラス二杯しかビールを飲んでいない。でも、疲労感と相まっていつもより酔いが早いかもしれない。

満腹中枢が満たされた。おいしいご飯を食べると仕事のストレスも軽減される。

「今度は普通のたこ焼きを作ろうか」

「ぜひ！　明太《めんたい》チーズ入りとか、たこ以外にもいろいろ入れたらおいしそう」

そういえば今までタコパというものを経験したことがない。たこ焼き器があると料理のレパートリーも広がって楽しそう。

「ところで結婚式のドレスなんだけど、好きなブランドはある？　予約していたドレスがいいなら同じものをレンタルできないか調べておこうかと」

「え……うん、そうね」

玖条さんとの結婚式。

一応要望だけ伝えたら、玖条さんがあらかじめコーディネートをしてくれるとのことで報告待ちではあったのだけど、実はまだ迷いがある。

本当に私の夢は結婚式を挙げることだったのだろうか。幸せな花嫁になりたいと思っていたけれど、それは結婚式限定ではないはず。

結婚式は心の底から愛するふたりが挙げる儀式で、まだ好きなのかわからない状態で挙げるべきではないのでは……。

「あと前撮りはどこがいい？　当日とは違うドレスを着られるから、やった方が思い出になると思うんだけど」

「前撮り……」

そうだ。圭太と撮った前撮り写真は段ボールの底に眠っている。さっさとシュレッダーにかけなくてはいけないのを思い出した。

思い返すと私は圭太と一緒に幸せになることよりも、結婚式に固執していたのかもしれない。そのゴールを迎えた後は圭太の欠点に耐えきれなくなっていただろう。

つまり私はただドレスが着たかっただけ？　結婚式という一大イベントができたら満足だった？

子供の頃からの夢の本質はどこにあるんだろう。

「色打掛も素敵だと思う」と話す玖条さんに、思い切って確認することにした。

「あの、晴君」

「うん？」

温かいお茶を注がれた。この香りはジャスミン茶だ。

至れり尽くせりで気が利いて、胃袋を掴まれていて文句なんてひとつもない。でも、私にはなくても彼にはあるだろう。

「本当の本当に、結婚式挙げるの？」

これが最後の質問だ。

もしもここで彼が迷う素振りを見せたら、私はすぐにでも引っ越し先を探し婚姻届もシュレッダー行きだ。

「本当にってどういう意味？　僕が本気じゃないってこと？」

玖条さんは席を立ち、私の隣に腰を下ろした。

そっと手を握られる。彼の温もりを不快には感じない。

「正直私、まだ迷ってます。このままの同居生活を送ることにはなんの不満もないけれど、やっぱり結婚となると家族も巻き込むわけだから」

私たちふたりがよければそれでいいという簡単な問題ではない。いつでも解消できる関係は気楽でいいけれど、いろんな人に迷惑をかけるのではないか。

結婚の条件のひとつに、お互いの親戚付き合いは最低限で、特に行事にも参加しなくていいことを明記した。

うちは普通の一般家庭だから問題なくても、玖条さんの事情はもっと複雑で大変だろう。

結婚式は結婚の覚悟を問われる儀式なのではないか。神聖な儀式を、ただ憧れと夢だったからという理由で進めていいとも思えない。

普通とか一般的とか、そんなことに囚《とら》われているつもりはなかった。でも、愛する気持ちがないまま結婚式を挙げるのは違う気がする。

「やっぱり好き同士が結ばれるべきなんじゃないかって思……」

「好きだよ」

かぶせるように告白をされた。

思わず真顔で玖条さんを見つめてしまう。

「きっかけは一目惚れだと言ったけれど、一緒に住んでからはっきり自覚した。僕はとっくに君が好きだ。好き同士が結婚するべきだという常識に悩んでいるのなら、君も俺を好きになればいい」

今、「俺」って言った?

いや、気にするところはそこじゃない。とっくに好きだという告白は予想外すぎる。

「ねえ、ひばりちゃん。君は好きでもない男と一緒に住んで、抱きしめられても構わない女の子ではないだろう？」

そっと頬を撫でられた。その瞬間、背筋にぞくっとした震えが走った。

身体中《からだじゅう》の水分が一瞬で沸騰させられるような感覚だ。玖条さんの流し目に心臓が掴まれたかのよう。

「ひゃい……」

彼の指先が私の唇をそっとなぞった。

顔に熱が上って呼吸もままならないとか、どうかしている。

「こんなに顔を真っ赤にさせて、潤んだ目をしている状況を世間一般ではなんと呼ぶ？」

くすぐったいほど玖条さんの指が私の顔を撫でる。

耳に触れられただけで、身体の中心部が疼《うず》きそうになった。

「ん……っ」

「可愛い顔を誰にでも見せるわけではないだろう？　つまり自覚はなくても、君はとっくに俺に恋をしている」

「こ、恋……？」

え、そうなの？　この状態が恋？

芸能人とか推しにトキメクのとは違う。心臓がドキドキして落ち着かない。

「でも、普通はあなたのように顔のいい男性に見つめられたら、みんな同じようになるかと……！」

「ふぅん？　じゃあひばりちゃんは、他の顔がよくて料理上手な男に迫られたら一緒に住んでドキドキしちゃうんだ？」

なんだか身も蓋もない言い方である。

私が一緒に住んでいるのは特殊な状況だったからで、簡単にホイホイついていくような節操なしではないんですが。

あっちにもこっちにもドキドキしていたらそのうち心音が途絶えてしまうのでは。

「さっきおかえりのハグをしたよね。あれは嫌だった？」

「う……いえ、嫌では……」

「だよね。照れた顔も可愛かったし安心しきっていた」

私に自覚のないことを指摘しないでほしい。そう言われると途端に羞恥心が湧き上がる。

「こうやって顔に触れられても嫌がる素振りもない。嫌いな男には指一本だって触れさせたくないはずだが」

「それはもちろん！　あと、化粧崩れでファンデがドロドロになっていると思うので、あまり私の顔は見ないでほしい……」

「嫌」

笑顔で拒否された。なんだろう、拷問かな？

「あの、実は酔ってます？　いつもと雰囲気がちが……」

「酔っ払いは酔っていないと否定するんだったか。それなら酔っていると言っておこう」

つまりどっちなの。

自己申告をしても玖条さんは離れようとしない。

「ひばり」

「……っ！」

突然呼び捨てで名前を呼ばれた直後、指先にキスをされた。

じっと見つめられると呼吸を忘れて魅入りそう。

フェロモン過多でくらくらしそうだ。こんな色気を浴びたことは今まで一度たりとも経験したことがない。

「君が恋に落ちていないと否定するならそれでもいい。でも俺はせっかちなんだ」

存じ上げております。仕事早いので。

「だから荒療治をしようと思う」

「え……え⁉」

身体が抱き上げられた。満腹になるまで食べた身体を持ちあげるとか、なにを考えているんだ。

「ひゃああ！　重い、重いので！」

「こら、危ないから暴れちゃダメだ」

「私を下ろしてくれたら暴れませんが！」

じたばたと足を動かす。でも玖条さんは私を床に下ろす素振りもない。

「大人しくしないとキスするぞ」

「っ！」

今度は指一本動かせなくなった。動きを止めた私の額に玖条さんの唇が触れる。

「〜〜っ⁉」

「ああ、ねだっているのかと思って」

完全にからかっていますね？　なんだか笑顔が腹黒い。

いつも閉ざされている寝室の扉が開かれた。

中央に鎮座するベッドはキングサイズだろうか。ホテルでしか見たことがないようなサイズのベッドを見て、私の心臓はふたたび大きく跳ねた。

「え、あの……っ！」

ベッドの上に下ろされて、あまつさえ押し倒されてしまった。

めちゃくちゃ寝心地がいいマットレスに感動する余裕もない。

「玖条さ……」

「晴臣だ、ひばり」

「晴、臣……んっ！」

名前を言い終わるか終わらないかで唇が塞がれた。

しっとりした感触が生々しく伝わってくる。柔らかいだけじゃない。玖条さんの匂いまで濃厚に感じ取れてしまう。

「ん、ぁ……」

薄く開いた隙間に彼の舌が差し込まれた。

はじめから手加減なんてする気がなかったと思わされる濃厚なキスだ。引っ込み思案な舌なんてすぐに捕まえられて、表に引きずり出されそうになる。

「ンン……ッ」

飲み込みきれない唾液が唇の端から顎を伝った。身体がぞくぞくして、お腹の奥が熱い。

頭の奥がぼうっとしてくる。酸欠状態というやつだろうか。

ようやく玖条さんの唇が離れた。唾液で濡《ぬ》れた唇を舌先で舐《な》められて、背筋に甘い痺《しび》れが走る。

「な……んで」

急にどうしてこんなことをするのだろう。

私を好きだと言った言葉に嘘はないという証明なのか。これが荒療治というやつなのか。

「ずっと優しく紳士的にと思っていたが、それだと距離は縮まらない。紳士ごっこはもうおしまい」

彼はまったく息を乱した様子はない。

上体を起こし、長袖のカットソーを豪快に脱いだ。

いつもはまったく匂わせない雄の気配に、私はビビり散らかしそうになっていた。

「殿がご乱心……！」

「時代劇ごっこ？」

意外に悪代官とかも似合いそうだな、なんて現実逃避もしたくなる。

こんなエッチな身体を見せつけられたら、さすがに私もどうにかなってしまいそう。

「あの、でも、私全然おいしくないと思うので！」

彼はきっとこれまで極上の女性たちを食べ尽くしていただろう。そんな元カノたちと比べられるのは嫌だ。

いや、待てよ？　そもそも不能とか仰っていませんでしたっけ。

「自己評価が低いのは君を振った男のせいだとしたら、俺が上書きしないといけないな」

Ｖネックのニットの裾から手を差し込まれた。

玖条さんの大きな手でお腹を撫でられるだけで肌が粟立《あわだ》ちそうになる。

「ひい……まったく鍛えていないお腹の脂肪が憎らしい……！」

ブライダルエステに通うのもやめてしまったし、最近では寝る前のストレッチくらいしかしていない。

玖条さんのようにバキバキに割れた腹筋を見せられたら、私のお腹なんてだらしなくて幻滅するかも。

「恥ずかしがるところはそこなのか？　君は本当に可愛いな」

「わあっ」

あっさりと薄手のニットを脱がされてしまった。キャミソール姿をさらすのも勇気がいる。

「これも邪魔だな」とキャミソールの裾を引っ張られて、思わず待ったをかけた。

「待って待って、今日の下着はまったく気合いの入っていないものなので！　見られるなんて思ってもいなかったから」

そう、見られることをまったく想定していない。着心地重視、機能性重視のシンプルなブラを着用している。

かろうじて上下の色は同じ黒だった気がする。でも装飾もなにもない黒い下着って、色気がないにも程がある。

「さっきから思っていたんだが、ひばりも俺のことを好きだろう」

「えっ」

「まったく拒絶も抵抗もなかった。君は嫌いな男のキスを受け入れられるほど、割り切った性格ではないはずだ」

そして今の言動も、気合いが入った下着なら見てもいいとも捉えられる。

「……っ！」

恥ずかしすぎて涙目になりそう。

顔の熱が上がったまま下がりそうにない。

「あの、私……」

「うん」

頷きながら服を脱がす手つきが流れるようなのですが？

「晴……臣、のこと、嫌いじゃないです……」

「それだけ？」

キャミソールを脱がされて、ブラのホックがパチンと外れた。

「キスをされても、嫌じゃなくて……むしろ気持ちいいと思ってしまって」

「それは光栄だ」

ふっと笑った顔が神々しい。そして怪しいほどの色香にそろそろむせそう。

「嫌いな人とのキスなんて絶対にできないし、考えるだけで無理って思うけど。でも、キスが大丈夫だったら好きということになるのかはわからな……」

「嫌悪感がない時点で好きなんじゃないのか？」

ブラの肩紐《かたひも》をずらされた。

カップもずれたが、かろうじて肝心な突起は見えていない。

「強情なところも可愛いが、認めてしまった方が楽だぞ」

「なんだか悪質な取り締まりを受けている気分……！」

さあ、吐いて楽になってしまえと言われているようだ。

「でも、あの……アァッ」

胸を下からすくい上げられた。優しく触れられた感触が私の官能を高めていく。

「ひばりが頑《かたく》なに認めたくないならそれでもいい。身体の相性を確かめたら気持ちもすぐに追い付く」

「身体の相性って……」

だって不能なんですよね!?

安心していいと言っていたはずだが、そういえばその後に挿入するだけがセックスではないとも言っていた。

なにも安心なんてできなかったのを思い出し、頭の中がプチパニックを起こす。

「触れられるのが怖い？」

玖条さんの指が胸の頂をかすめた。

そんな微《かす》かな感触だけで腰が跳ねそうになった。

「ん……っ」

「どうしても嫌なら抵抗しないと。俺を押しのけて部屋に戻ればいい」

確かに身体を拘束されているわけではない。

逃げようと思えばいつでも逃げていいと言われている。

それができないのは何故だろう。少なからずこのまま抱かれたいと思っているからか。

「でも、確か……ふ、不能なんですよね……!?」

玖条さんは一瞬動きを止めてから、私の片手を取った。

「間違いではないけど正解でもない。正しくは、好きな女性にしか反応しない」

「ちょ、え？　なにを……！」

手にゴリッとしたものが当たった。

ズボン越しとはいえ、股間に触れさせるとか紳士としてあるまじき行為だ。

「ひゃあぁ！」

「予想通り可愛い反応をありがとう」

手を振りほどいたらあっさり放してくれた。

思わず横向きになって身体を丸める。

「いきなりなにするの……！」

「口で説明するより早いと思って。確か性欲処理の心配もしてくれていたな？　他の女性を勧められたときは、あのままベッドに攫おうかと思った」

そんな危機的な状況だったの⁉

なにが玖条さんの癇に障るのかわからない。

「じゃあ、勃たないって嘘……？」

布越しでもわかるほど硬かった。あれではズボンを脱ぐのも大変なのではないだろうか。

「ひばりにしか勃たない、が正解」

自分から聞いておきながら知りたくなかった。それに私だけというのが本当のことなのかも確かめる術がない。

「私だけって、なんで……」

「君が好きだから」

「……ッ！」

そんな直球な告白はズルい。

たとえ玖条さんに恋愛感情がなかったとしても、今の一言で芽生えてしまう。

彼はクシャリと前髪を乱した。額にかかる黒髪すら色っぽく見える。

「はぁ、きっとそれも計算ではないんだろうな」

「……え？」

中途半端に引っかかったままのブラの紐《ひも》をクイッと引っ張られた。慌ててずらすまいと両腕を寄せる。

背中を指先でなぞられて、思わず小さな悲鳴を上げた。

「ひゃあっ」

「今なら獲物に喰《く》らいつきたい獣の気持ちがよくわかる」

物騒な発言が怖い。

数時間前まで紳士的だった男と同一人物とは思えない。

「白い背中を丸めて実に無防備だ。それに横向きになったら重力に逆らえない豊かな胸が強調される」

「……ッ！」

玖条さんは身体を倒して、私に覆いかぶさった。

逃げるチャンスはいくらでもあったのに、自分が逃げたいのかもわからない。

「ひばり。俺に愛される覚悟はできた？」

「ひょわ……っ」

顎をクイッと固定されて至近距離から見つめられたら、もはや思考なんて役に立たない。

愛される覚悟ってなんだっけ……？

そういえばいつの間にか、私はセックスを恋人の義務として考えていたかもしれない。

「セックスって、性欲処理ではないの……？」

玖条さんの動きが止まった。

眉間にくっきりと皺を刻んでいる。

「……あの男がもし一方的に君を欲望のはけ口にしていたのだとしたら、俺は八つ裂きにするかもしれない」

「えっ⁉」

目が本気だ。あの男が誰を指すかなんて明確で、私にとってはひとりしかいない。

「ひばり、これまでのセックスで気持ちよくなったことは？」

明け透けな質問だ。でも不思議と嫌な気にはならない。

「実はあまり……」

「では絶頂を味わったことは？」

首を左右に振る。

「多分ないと思う。というか、私は淡白なんだろうなって」

自分からしたいと思ったこともない。求められたら義務で応えなくてはと思っていた。

付き合った当初は若かったこともあって、それなりに応じていたけれど。でも身体の相性というものは正直よくわからなかった。

「その、社会人になってからはお互い疲れていることもあって頻度も減ったのと、男性は手早く気持ちよくなりたいというのを知っていたので、サクッと済ませて……」

「サクッとって、そんなインスタント食品のように言うものではないが」

インスタントセックスってあるのだろうか。

よくよく考えると、圭太はいわゆる早漏ってやつだったのかもしれない。

「君とあの男との関係はよくわかった。やっぱり見守るだけなんて生温《なまぬる》かったな」

「生温い……？」

コロン、と仰向《あおむ》けに転がされる。その隙に腕に引っかかったままのブラもはぎ取られてしまった。

「……ッ!」

身体を覆うものがほしい。でも彼の視線が私の動きを止める。

「人の考えにケチをつけるつもりはないが、俺は自分の欲望を満たすだけの一方的な行為をセックスとは認めない」

「え……」

一方的な行為という表現が胸に突き刺さった。

確かに私が気持ちよくなったことはないし、めんどくさいと思うことの方が多かった。セックスで得られるものは肌のぬくもりと、事後の虚《むな》しさだけ。

「じゃあ、晴臣にとってのセックスって?」

「愛し合う行為。コミュニケーションのひとつで、心と身体を満たすもの」

互いの気持ちを確かめ合い、愛情を分け与えるもの。

ひとつになって満たされて、さらに愛《いと》しさが募る行為。

「ただ一方的に性欲を満たすのは暴力と同じだ」

「……」

身体を抱き起こされて、膝の上に乗せられた。

素肌が触れあうのが心地いい。背中に回った腕の力強さに身を委ねたくなる。

頭と背中を撫でられて抱きしめられる。私は慰められているのだろうか。

「あの……しないの？」

先ほどまではやる気満々ではなかったか。

けれど玖条さんはただ私を抱きしめて、時折肩や髪を優しく撫でるだけ。

「君の方から求めてくるまでしないことにした」

「え？」

頬に手を添えられる。視線がぶつかった。

少し灰色がかった彼の双眸《そうぼう》には、先ほどまで隠しもしなかった劣情が見当たらない。ただ慈愛に満ちた眼差《まなざ》しが私の心をそわそわさせる。

「俺のことがほしくてたまらなくなるまで抱いてあげない。ひばりにはまだリハビリが必要みたいだから」

「リハビリ……じゃあ、これまで通りということ？」

「いいや？　それじゃあなにも前進しないだろう」

私が彼に抱かれたいとねだるまではなにもしないいんじゃないのか。

「最後までは抱かない。でもなにもしないと言えるほど俺は聖人君子ではない」

「そんな堂々と言うことでは……」

ある意味潔いというか男らしいというか。紳士ではないけれど。

「よそよそしい関係も止めだ。君に好かれようと思って遠慮していたが、やはり本音でぶつからないと」

遠慮とは……？

確かに口調は丁寧だったけれど、本質的な強引さは変わっていない気がする。

玖条さんは近くに放っていた彼のカットソーを私に着せた。

めちゃくちゃ着心地がよくて、上質な生地の肌触りがすばらしい。きっとお値段もすばらしいのだろう。

「あの、晴……」

「今日はもうお風呂に入って寝なさい」

急に保護者モード？

優しい声での命令口調がなんだかドキドキする。

「でも、いいの？　それ」

その生理現象は無視していいのだろうか。未《いま》だに硬いままだけど。

「手伝いが必要なら……」

「魅力的な誘いだが、あまりつけ入る隙を与えない方がいい。せっかく今日は逃がしてあげようと思っていたのに、覆したくなってしまう。それとも、俺と一緒に風呂に入りたいというおねだりなら……」

「無理です無理です、ごめんなさい！」

一緒にお風呂なんてハードルが高すぎる！

間接照明しかついていない部屋ならまだしも、浴室なんて明るい場所で全身を曝《さら》けだせるはずがない。

「そんなに拒否られると今すぐにでも浴室に連れ込みたくなるな」

「ひっ」

「まあ、いい。我慢しよう」

きっと私が部屋を出た後は、玖条さんがご自身を慰めるのだろう。ちょっとだけ興味はあるけれど、ダメだ。下手な好奇心は出さないでおこう。

「では、私はこれで……」

ベッドから下りようとするが、床に足がつかない。どんな外国仕様のベッドなんだ。

「ひばり」

わきの下に手を入れられて床に下ろされた。かたじけない。

「お風呂から出たら戻ってくるように」と声をかけられて首を傾《かし》げる。

「それはどういう……？」

「リハビリ期間中になにもしないなんて言っていないだろう。今夜から君のベッドはここだ」

「その間、あなたはどこに」

「もちろん一緒に寝るに決まっている」

最後まで手は出さないと言った直後に、ちゃっかり同衾《どうきん》を命じてくるとは。

自室へ戻り、シャワーを浴びながらハッとする。

「ブラとニット、置きっぱなしだわ」

クリーニングに出される可能性を考えると、早急に回収するしかないと思った。

# 第四章

「おはよう」

朝日とともに極上の声で起こされる。

「お、はよ……う」

低反発なのか高反発なのかはわからないが、寝心地がすばらしいマットレスのおかげで腰はまったく痛くない。

もう少しだけぬくぬくした寝心地を堪能したい。ごろりと寝返りを打って目を閉じると、頬になにか柔らかなものが当たった。

「眠り姫か白雪姫か。キスで目覚めるならどっちだろうな？」

「いや、白雪姫は毒林檎で……」

寝ながらそんなことを呟き、意識が覚醒した。

「え、え⁉」

視線の先には寝起きでも麗しい玖条さんのご尊顔が。

「では眠り姫がいいか」

「ふ、ひぃっ！」

寝起きでぐちゃぐちゃな顔を見られて平常心なんて保てるはずがない。思わず手近にあった枕で顔を隠す。

「待って、え、なんで？　昨日なにが……」

「寝起きで記憶が混乱しているのかな。昨日から一緒に寝ることになっただろう」

髪の毛を引っ張られている気配がする。小さなリップ音まで聞こえてきて、今あなた私の髪に口づけましたね？　と問いたい。

適当なパジャマで寝ている姿を見られたことも恥ずかしい。それによだれとか垂らしていなかっただろうか。

「今、何時ですか！」

「ちょうど朝の七時」

いつもと同じ起床時間だ。

ちなみに八時半にマンションを出ても九時の始業時間には余裕で間に合う。

「あの、見られていたら起きられないので……どこか向いててほしい」

「気にしなくていい。君の寝顔はあどけなくてすごく可愛かった」

「あ、あどけない？」

「化粧をしていない無防備な顔も愛らしい」

「すぐに鎧《よろい》をまとってきます」

化粧をしなくては。この美形と視線を合わせられん。

けれどやっぱりベッドから下りるのは高すぎて困る。玖条さんは踏み台を購入すると言った。

「ここで寝なければいいいだけだと思うの」

「却下。そんなことを言うなら君の部屋のベッドを捨てるぞ」

物理的に排除するなんて乱暴すぎるのでは！

この人、柔和な笑顔は営業スマイルだったんじゃ……絶対本性はこっちだ。

「朝ごはんはなにがいい？」

朝食を尋ねられたと同時にお腹が鳴った。規則的な時間に朝食を食べるようになったおかげなのか、毎朝ちゃんとお腹が減る。

「ご飯とお味噌汁とだし巻き卵」

納豆と梅干も追加で、と心の中で呟く。

朝からだし巻き卵を作るのはめんどくさいだろうけど、玖条さんの手作りお弁当にはよく入っている。

「わかった。納豆と梅干も追加しよう」

くしゃりと頭を撫でられる。

閉じられた扉を眺めながら玖条さんの声を反芻《はんすう》する。

「今、心読まれた？」

私の食の好みを完璧に把握されている。

単純な自分が情けないやら腹立たしいやら……完全に手のひらで踊らされていないか。

それに写真の謎を確認するのも思い出して、朝から盛大に溜息を吐いた。

◆◆◆

『居候先の家主に餌付けされている気がする。朝からご飯がおいしすぎて困る』

いつものアカウントに朝ごはんの写真を投稿する。そういえば久しく近況を呟けていなかった。

複数のフォロワーから【最高じゃん！】とリプライがついた。

なにに困っているのかと訊かれると、完全に胃袋を掴まれていることが不安というかなんというか……急に始まったリハビリとやらもそうだし、玖条さんが本気で私に恋愛感情があったことにも驚きだ。

『料理が上手でかっこよくて仕事も早くて気遣いもできる三十二歳の男性に好意を向けられたんだけど、素直に飛び込んでいいものかまだよくわからない』

自分でもなにを迷うことがあるのか。結婚は決まっているのに、恋愛を考えていなかったから感情が追い付いていていない。

【チョコドーにゃつ：なにがダメなの？　性格の不一致？】

【クロタン：そんな好条件の男なんてとっくに売り切れるんじゃ】

【夕日：既婚者じゃなければ付き合っていいと思う】

【林檎ぱふぇ：スパダリなイケメンなんて前世でどんな徳を積んだら出会えるの】

それは確かに。私は前世でどんな徳を積んだのだろう。

「そうか。私に自信がないのも原因なのかも」

客観的に見ても、玖条さんはミスターパーフェクトのような人で、ちょっと性格にクセがありそうなところを除けば理想的な男性だ。

でもそんな彼に好かれるほど、残念ながら私に魅力が足りていない。

『きっと自分が釣り合っていないと思っちゃうんだわ。彼がＧｉｖｅｒすぎて、私はなにを返せるんだろうって』

家庭料理を作るなら誰でもできる。むしろ家政婦さんに作ってもらった方がクオリティも高くておいしい。でも玖条さんは料理上手なのでご自身でもなんなくこなせてしまう。

私を好きになる理由がわからない。

そしてその理由のひとつに過去の写真が関係しているのだとしたら……やはり直接確認するしかないだろう。

【Rumi：無自覚に相手の方に惹《ひ》かれていると思いますよ。でももっとお互いをよく知ってから決断を下してもいいのでは。多分まだ時間が足りていないんじゃないかな】

相手から与えられるものと同じくらい自分も返したい。その感情の根底には、少なからず玖条さんに好意があるから。

彼と知り合ってまだ三週間ほど。時間は圧倒的に足りていない。

身体から落とされる可能性もゼロではないし、そうなるよりも前に自分の感情の在処を探っておかないと……こんな風に自己分析をするなんて、就活以来ではないか。

職場に到着するまで私は自分の長所と短所を整理して、玖条さんへの質問リストを作成することにした。

「つまり世間一般的に見て、晴君はイケメンでスパダリな御曹司とやらなんですよ」

「急にどうしたんだ？」

突如巻き込まれたバーひばりの席で、玖条さんは面白そうに笑っている。

バーカウンターでのカクテル作りはなかなか気に入っていた。自宅でお店ごっことか面白い。まあ、お客様の愚痴を聞くより私が喋《しゃべ》っているが。

「とりあえず弱点と欠点と短所を教えてください」

「嫌だよ、恥ずかしい」

それ全部同じでは？　と彼の目が語っている。

確かに同じカテゴリーではあるが微妙に違う気もする。

「ほら、お互いが一番の味方でいることが結婚の条件でしょう？　それなら苦手なことはあらかじめ把握しておいた方がいいと思って。たとえば動物が苦手で、動物からも嫌われるからペットは飼えない、みたいな」

マドラーでカクテルをかき混ぜる。

炭酸水とライムとジンを混ぜるだけのジントニックだ。玖条さんのリクエストで作ったものと同じカクテルを自分用にも作った。

カラコロと涼やかな氷の音が響く。私はもうちょっと甘味《あまみ》がほしい。

「弱点と欠点ね……。知ったら後戻りできないと思うけど」

思わせぶりなことを言われると好奇心が疼くのですが。そして片手でグラスを掴む手になんともいえないエロスを感じる。

骨ばった手の筋に関節とか。爪の形まで整っていて、手モデルになれるのでは？

ああ、でも腕時計の宣伝に抜擢《ばってき》されたら、手どころじゃないんだろうな……それに、あの手で身体に触れられたのかと思うと、急速にドキドキが再燃しそうだ。

「聞いてる？　ひばりちゃん」

「えっ？」

急にちゃん付けで呼ばれてドキッと心臓が跳ねた。

「ごめんなさい、聞いてなかった」

「素直に謝れるところは君の長所だな」

そうなのか。心のメモに記入しておこう。

「短所や欠点は客観的な意見を身近な人から聞いた方がわかりやすいと思う。それこそ家族からとか。まあ、弱点なら教えてあげられるけど」

「本当？　知りたい！」

目が輝いてしまうのは仕方ない。実は運動神経が壊滅的とか、地図が読めないとか。

なにか苦手なものがあれば私も役に立てるかもしれない。

玖条さんはジントニックをゆっくり嚥下《えんげ》し、私に微笑みかけた。

「弱点は君かな」

「……そういうのが聞きたいんじゃないんですけど」

なんだ、結局私をからかいたいだけか。手元のグラスをグイッと煽《あお》る。

「嘘じゃないのに。好きな女性が弱点なんてよくあることだろう。俺の秘書に訊いてみたらすぐに同じ回答が届くはずだ」

ナチュラルに秘書がいることを明かされた。そして私のことを知っているようだ。

「あの、私が弱点って具体的にはどういう……？」

「君におねだりをされたらなんでも叶えてあげたくなってしまうってこと。仕事を辞めて世界一周したいって言われたらすぐにでもプランを作る」

「やめてください」

声がマジだった。急に世界一周旅行になんて行ったら周囲に多大な迷惑がかかる。

「……そんなに私によくしてくれるのって、なにか特別な思い出でもあるから、とか？」

書斎に飾られていた写真は少なからず影響しているはずだ。そうじゃなければ子供のときに撮った写真なんて飾らないだろう。

玖条さんはじっと私を見つめて、あろうことか「教えてあげない」と言った。

「え？　そこはなんでも教えてあげるところでは？」

あなたの弱点である私がおねだりしているのに？　さっきの発言は嘘か！

「嫌。すぐに答えを求めるより少しは自分で考えたらいい」

「考えたけど答えが出ないから聞いているのに？」

「掘り下げが足りないのでは？」

カラン、とグラスの中で氷が溶けた音がした。

玖条さんは拗ねたようにそっぽを向く。

「私のことが好きだなんて嘘では」

「それとこれとは別。好きだから夢中にさせたいし、俺のことで頭をいっぱいにすればいい」

「……っ！」

私が考える時間はずっと玖条さんで頭を埋め尽くしている。

そうやって占領してやりたいと言われているようで、瞬時に顔に熱が上がった。

ああ、ズルい。なんだかとてもこの人に振り回されている。

「ふーん、そう」

恋愛の駆け引きなんて知らない。自慢じゃないけど私が付き合ってきたのは圭太だけだったから。

だからもしもこの状況が面白くないと思うなら、直球で勝負するしかない。

バーカウンターから出て、玖条さんの前に立つ。スツールに座った彼との目線はちょうどいい高さだ。

余裕の表情を崩さない玖条さんの頬にそっと触れて、その端整な顔を私に向けた。

「それなら、私がこうやって誘惑したら？」

指先でゆっくりと彼の唇をなぞる。

唇まで形がいいなんて腹が立ちそう。乾燥とも無縁なのではないか。

「へえ、君が俺を誘惑？」

まるで手の自由を奪うかのように、彼は私の手を掴んだ。

「一体なにをしてくれるんだ？」

「……」

にっこり笑われると途端に真顔になりそう。

「教えてくれたらキスしてあげるって言おうと思ったけど、やめた。逆効果みたいだから」

玖条さんの形のいい眉がピクリと反応する。

「教えてくれるまで晴臣とキスしない」

きっとお預け宣言の方が効果的だろう。

思い付きでつい強気なことを告げたら、玖条さんは艶《あで》やかに笑った。

「そんな意地悪なことを思いつくなんて酷《ひど》いな。君に嫌われたくない俺に選択権なんてないだろうに」

グイッと腰を抱き寄せられた。

そのままスツールに座る彼の膝に乗せられる。

「ちょ……っ」

不安定な体勢が少し怖い。

思わず玖条さんに抱き着くと、彼の腕が私の背中に回った。

パチン、となにかが外れた音がした。胸元の締め付けがなくなる。

一拍遅れで解放感が伝わり、この男が背中の服越しに私のブラのホックを外したことを悟った。

「なにする……ひゃあっ」

ふいに耳に触れられて、ぞくりとした震えが走った。背中の裾から玖条さんの手が入り込んで、私の素肌を撫でる。

「君のキスがほしいと乞う哀れな男に慈悲をくれるなら、服は脱がさないであげる」

あれ？　交渉権があったのは私では？

背中をまさぐられると身体が震えそうになる。くすぐったくて、甘い痺れに思考まで蕩けそう。

「ちょっと、晴臣……」

首筋に顔を埋められて甘噛《あまが》みされた。下腹がずくんと疼きそうになる。

「ああ、やっぱりひばりに名前を呼ばれるのが一番いいな」

なんだか匂いを嗅がれているのは気のせいか。

「ダメです、これ以上はダメ……」

「どうして？　俺に抱かれたくなるから？」

「あぁ……ッ！」

服の上から胸の頂を摘まれた。すでに硬く尖らせたそこを触られて、耐えきれなくなった声が漏れる。

「君の頭も心も俺でいっぱいにさせたい」

低く艶《つや》めいた声で囁かれる。

声だけで犯されそうな気分になるなんてどういうことなの。

「も、もういっぱいだから！　望み通りになっているから！」

「本当に？」

こくこくと頷くが、玖条さんの腕は私の身体に絡みついたまま。まったく離れそうにないのですが。

「それなら証明できるよな？」と、視線だけで口づけを要求された。

ああ、なんだかもうくらくらする。

濃厚なフェロモンを吸い込んで、確実にＩＱが下がっていそう。

「ひばり、俺にキスをして」

「……っ」

なんで立場が逆転しているのだろう。もう意味がわからない。

慣れないことなんてするべきではなかったのだ。私が玖条さんを手のひらの上で転がすなんてできるはずがなかった。

彼の目に吸い込まれそうになりながら顔を近づける。

その唇に触れた瞬間、底なし沼に落ちたような錯覚を覚えた。

ハマったら絶対に抜け出せなくなるのに。私はどこまで落ちてしまうのだろう。

「……ッ」

触れるだけのキスをしたら物足りなくて離れがたい。もっとほしくなってしまう。

薄く目を開く。彼の蕩けそうな眼差しと劣情の濃さにぞくっとする。

「晴……待って、ンッ」

キスをしたのは私のはずなのに、顔を背けられない。角度を変えて何度もキスをされて、彼の舌が私の口内に侵入する。

素肌をまさぐられながら濃厚なキスをされたら平常心ではいられない。身体の奥から痺れがこみ上げてきて、下着はとっくに湿っている。

こんなことになっているのを気づかれたら非常に嫌だ。

本当に身体から陥落させられそう……私の方から抱いてほしいと願うまで待つと言っていたのに、大人しく待っているわけではなかったようだ。

「ひばりちゃん。一緒に下着買いに行こうか」

「は……、っ!?」

するん、と服の下からブラが抜き取られた。

玖条さんは手癖が悪い。近づいたらあっという間に脱がされる。

服を着たままブラだけを外されるなんて、どこの奇術師ですか？

しかもキスをして我に返った後、彼は真顔で「サイズ測り直した方がいい」と助言した。

確かに最後に測ってもらったのは一年以上前だけど！　脱ぎたてほやほやの下着を見ながら言うことではない。

「よ、余計なお世話で……！」

「ブライダル用の下着を用意する前に、来週の結婚式に参列するなら下着から新調した方がいいだろう。身体の線も変わる」

「ひゃんっ」

腰を撫でる手つきがいやらしい。このままスカートに手を入れられたら感じていたことがバレてしまう。

慌てて玖条さんから離れようとするが、彼の手が私の腰に回ったままだ。

「急に動いたら危ないぞ」

「危険なのはどっち！」

脱ぎたてのブラを手にしたまま心配されましても！　というかいつまでそれを持っているつもりだ。早く返してほしい。

「結婚式にはなにを着ていくつもりだったんだ？　いや、見た方が早いな」

結婚式とはもちろん、圭太たちの式だ。もう一週間後とか時間が経つのは早すぎる。

「見た方が早いって……、ちょっと!?」

彼は私のお尻の下に腕を入れて、そのまま立ち上がった。

子供のように縦抱きにされて、思わず玖条さんに縋りつく。

「下ろして……！」

「目的地に着いたらな」

進行方向は私が使用しているゲストルームだ。

鍵はかかっていないので誰でも入れるとはいえ、レディの部屋にアポなし訪問はよろしくないと思う。

「ひばりの匂いが充満している」

「なんかすごく嫌な表現なんですが！」

部屋を開けた瞬間にそんなことを言われるなんて。まさかこの部屋臭い？　私の香水やヘアミストの匂いなんて時間とともに消えるはずだけど。

クローゼットの前で下ろされた。なにをするつもりなのか、もう訊かなくてもわかる。

「正直なところ、君を捨てた男のために着飾るなんて腹立たしくもあるが……君の魅力は俺だけがわかっていればいい」

「……はあ、そうですか」

めっちゃクローゼット漁《あさ》りますね。

私のワンピースと、数少ないフォーマルドレスを手に取っている。

「だが俺の妻が侮られたままというのは気分が悪い。自分には不釣り合いなほど高嶺《たかね》の花《はな》の存在だったたと見せつけてやるのがいいだろう」

「高嶺の花は言い過ぎでは……」

そんな存在は一朝一夕ではなれません。それにまだ妻ではない。

玖条さんは無言でクローゼットの扉を閉めた。彼のお眼鏡に適った服は一着もなかったようだ。

「午後に開始なら午前中にサロンに行く時間は十分あるな」

「え？　ええ、確かにそうだけど……」

圭太たちに一円だってお金を使いたくないけれど、気合いを入れるためにヘアセットを予約している。ドレスは無難に紺色でいいかと思っていた。もちろん新品ではない。

正直、あのふたりの結婚式が近づくにつれて気が重くなってくる。

「はあ〜本当ならドタキャンしたい！　なんで行くって言っちゃったんだろう〜」

売られた喧嘩《けんか》を容易《たやす》く買うべきではない。

頭に血が上っていたとはいえ、「馬鹿にしないでくれる？」くらい言い返せばよかった！

「余計な戦なんて出たくないよ……」

思わずクローゼットの前でしゃがみ込むと、頭に玖条さんの手が乗った。

「約束してしまったものは仕方ない。キャンセルしたら君は文句も嫌味も言えないままだ」

嫌味を言うために結婚式に参列するなんてどうかしている。でも私にはそれを言う権利がある。

「尻尾を巻いて逃げたと思われるのは嫌だろう？」

「絶対嫌！」

不戦勝と思われるのも腹が立つ。

それにあの結婚式は元々私がプランしていたものだ。

「どんな式になったのか見届けてやるって思っていたし、高みの見物をしてやるって思っていたもの」

それに披露宴での食事には気合いを入れていた。

「そう、ひばりは高みの見物をしていればいい。どう考えても、常識的な人間は君を被害者だと理解するし、新郎新婦からは距離を置く。真相を知っている人にとって「お幸せに」なんて、形式でしか言えないだろう」

圭太の職場の人たちを考えると、私以上に気が重いだろう。一般常識がある人からしてみれば人格を疑うはずだ。おめでとうって言いにくい。

「私が余裕の笑顔を浮かべて結婚式に参列していたら、周囲の人たちは勝手に和解しているんだと思うんじゃない？」

「多少なりとも確執はあっても、双方同意の上の破談だと思うだろうな」

それって圭太たちにとってはメリットでは。そんなところまで私は利用されるのか。

ムカムカモヤモヤしていると、玖条さんは私の頭をぐしゃぐしゃと撫でた。

「でもそれがどうした？　都合よく思いたい人間には思わせておけばいい。君を大切に想う人間だけ味方でいたらいいだろう？」

「味方……じゃあ、終わったら迎えに来てくれる？」

参加するとしても披露宴のみで、最後までいるつもりはない。当然ながら写真撮影も辞退するつもりだ。

「もちろん。とびきりおいしいディナーを食べに行こう」

だから披露宴での食事はほどほどでも問題ないと言われた。喉を通らない可能性も十分あるから。

「……ありがとう」

彼にメリットなんてひとつもないのに、優しさを与えてくれてうれしい。

衝動のまま玖条さんに抱き着く。私は彼になにを返せるだろうか。

「E70」

「え？」

なにかの暗号？　と思いきや。

彼は私を抱きしめ返しながら「ひばりちゃんのバスト」と言った。私がつけていたサイズよりワンサイズ上である。

「怖い、目測⁉」

もしくは触っただけでわかるとか？　なんだその変態的な特技は。

「今日は一緒に寝ないから！」

「却下」

玖条さんの声にからかいが混じる。

「却下は却下！」

「却下の却下は却下」

子供のような言い争いをしながら、結局今日の軍配も玖条さんに上がるのであった。

◆　◆　◆

戦いの日がやって来た。

十年に一度の台風にでも見舞われてしまえばいいと半ば本気で思っていたけれど、台風には早かった。

けれど今日は朝から曇天で、今にも空が泣きだしそうだ。

「ふふふ、いい天気！」

「この空模様を見ていい天気と思えるのは君くらいだな。はい、コーヒー」

「ありがとう」

熱々のコーヒーを一口啜る。土曜日の朝だけど、平日と同じ時間に目覚めた。

窓の外はどんよりしている。まさに絶好の決戦日和。これで雲ひとつない青空だったらちょっとイラッてきそう。

「やっぱり梅雨の時期に日本で結婚式を挙げるのは難しいよね」

ヨーロッパの文化をそのまま日本に持ってきても季節的には厳しい。

でも憧れてしまうのが乙女心というもので、私も建物の中に入ってしまえば問題なし！　と考えていた。

六月の大安吉日の土曜日。しかも午後の時間帯はすぐに予約が埋まってしまう。

そんな争奪戦に勝って、すべてのプランを進めてきたのは私だ。

花嫁チェンジで、浮気男のお膳立てをするためではなかったのだけど、それはもういい。この一か月で心の整理はついたと思う。

結婚式後でもいいとは言ったけれど、未だに慰謝料の入金はない状態でご祝儀を出したくはない。とりあえず一万円でも入れておくべきか悩ましい。

でもマナーを考えたらなにもなしというのも……披露宴の食事代として包んでおこう。

出勤メイクと同じように化粧をして、出かける準備を整えた。脱ぎ着がしやすいワンピースと、ストラップのついたハイヒールだ。一応お出かけ着ではあるがフォーマルさには欠ける。

「あの、本当に付き合ってもらっていいの？　せっかくの土曜日なのに」

「むしろこんなときに頼られない方が傷つくんだが？　君があの男と縁を切れるように最大限協力しよう」

「ほどほどにお願いします……」

予約していたヘアサロンは一週間前にキャンセルした。今日はこれから玖条さんが懇意にしているところへお世話になる予定だ。

いつも通り電車で行くと思っていたが、はじめてマンションの駐車場へ案内される。

まさか今日、玖条さんの車に乗ることになろうとは……初体験だ。

予想通り、彼の愛車は私でも知っている海外メーカーのものだった。横文字のブランド名を読もうとしたけれど、脳が拒否している。深く考えない方がよさそう。

「もしかしてこれが初デート？」と独り言を呟くと、玖条さんは真顔になった。

「一日デートってまだだった？」

なにやら愕然《がくぜん》としている。

「え？　あの、そんな落ち込まないで……ほら、信号青だよ！」

すぐに一緒に住み始めてしまったため、デートという概念が希薄だったかもしれない。外出して買い物に行くことはあっても、車で出かけることははじめてだ。

「俺としたことが。いや、きちんとやり直させてほしい」

「別にそんな真剣に考えることでは」

「一生に一度の思い出を作るなら真剣に考えるべきことだろう。今日のこれはただの用事であって、デートにはカウントしないから。行きたいところがあったら遠慮なく教えてほしい。特になければ俺がプランする」

「なんか予想外に壮大なプランを持ってこられそうだから、私が考えるね」

デートの締めくくりにヘリで夜景を見ようなんて言われたら確実に拒否すると思う。ヘリなんて怖くて夜景どころではない。

意外にも玖条さんはロマンティストなのかもしれない。私よりも初デートを重く考えていらっしゃる。

子供の頃の玖条さんに出会った記憶は未だに曖昧だ。母に聞いたらヒントを得られるだろうか。

三十分ほどで目的地に到着した。ここは玖条さんの知人が経営している個人サロンらしい。ドレスなどの衣装も貸してくれて、完全予約制のため他の人とすれ違うこともないそう。

芸能人も利用するという店をよくご存じで……しかも急な予定にもかかわらず予約を受け入れてくれたなんて感謝しかない。

「ようこそ、玖条さま。お待ちしておりましたわ」

「お久しぶりです、紅林《くればやし》さん」

店名はＫｏｕ—Ｒｉｎと書かれている。オーナーは年齢不詳の美女で、気品があって美しい。

「もう、リンリンって呼んでって言っているのに」

「さすがに可愛すぎるでしょう」

紳士面をしたまま笑顔で毒を吐けるとは、随分親し気だ。思わずまじまじと玖条さんを見上げてしまった。

「実は元カノとか……」

「母の同級生」

「へえ……え⁉」

ほんとに母親世代……？　まさか五十代⁉

私と十歳くらいしか違わないと思っていたのに……どんな魔法の使い手なんだ。

「あなたが今日の主役のひばりさんね。担当させてもらう紅林倫《りん》よ。気軽にコウリンでもリンリンとでも呼んでね。まずはいくつかカウンセリングさせてくださる？」

「はい、よろしくお願いいたします」

なるほど、確かにコウリンさんやリンリンさんとも読めるお名前だ。チャーミングな笑顔とともにアンケートフォームの記入を求められた。

ソファに座って今日の目的、どんなイメージになりたいか、いつも買う洋服のサイズ等、具体的な質問に答えていく。

お店の中はクラシックなヨーロピアンスタイルだ。統一感のあるインテリアと照明も美しい。

「一応ね、晴臣から事情は聞いているのだけど。別れた婚約者の結婚式に行くのでしょう?」

「はい、その通りです」

こんな依頼は滅多《めった》にないだろうな……神経使うような依頼ですみません。

記入済みのフォームを渡し、衣装部屋に案内された。

「結婚式のゲスト用のドレスはこのあたりなんだけど、とりあえず好きなのをいくつか選びましょう。時間がないから手早く進めましょうか」

まるでブティックのような品揃《しなぞろ》えである。無難にシンプルなレンタルドレスを想像していたのだけど、逆にシンプルなものの方が見当たらない。

「海外セレブ御用達《ごようたし》みたい……こんなの一般人には無理では」

目の前にあったドレスを手に取った。ドレスの裾がめちゃくちゃ長いし、襟ぐりが開きすぎている。

そしてブランドロゴは誰もが知るハイブランドもので、私はそっとハンガーにかけ直した。

「あの〜私みたいな小市民が着ても問題ないような安価なドレスはどの辺に……」

「やだわ、小市民だなんて。そんな風に卑下するものじゃないわよ」

事実なので。私は普通の一般家庭育ちですから。

「いっそ振袖にしちゃう？」と、コウリンさんは大胆な提案をした。

「自分が挙げるはずだった結婚式に振袖で参加というのは、とても皮肉が効いていて面白いが」

玖条さん、面白がらないでください。

「それ絶対目立ちますよね？　着物は華やかで嫌いじゃないですけど」

悪目立ちはしたくないのだ。主役のふたりにしか用はない。

「あら〜気合いを入れて総絞りの振袖もいい案だと思ったのに」

それ、レンタルでもいくらするの……？　汚したら怖すぎて食事も喉を通らなそう。

「お手頃な価格のドレスでお願いします……」

「お代はすべて晴臣持ちだから気にしなくていいのよ」

え、そうなの？

ドレスを数着手にした玖条さんは、当然と言わんばかりに頷いた。

「君に支払わせるわけないだろう。元々俺が提案しているのに」

「そうよそうよ！　そんな甲斐性《かいしょう》なしには育てていないわ。だから気に入ったものを選んでいいのよ」

「あ、ありがとうございます……」

でも、そうはいっても私に着こなせるものがあるのだろうか。

「で、晴臣は一体何着手に取るつもり？」

「このあたりがいいと思う。ひばりは肌が白いから基本的には何色でも似合うが」

薄いピンク、水色、青、そしてシャンパンゴールド色のドレスをハンガーラックにかけた。どれも上質な生地のドレスだ。

「海外ブランドものだとサイズが長すぎるかもしれないわ。ひばりさんは小柄だものね」

ヒールを履いたら一六〇を超えるけど、海外女性向けのドレスはミニしか選べなさそう。

「晴臣が選んだのは……ああ、やっぱり日本ブランドのものね」

私でも知っている有名デザイナーのカヨコ・タハラ。主にウエディングドレスをデザインされている。

「カラードレスで、このくらいのデザインなら主役を食わないだろう」

玖条さんは選んだドレスの中から、淡い水色のものを手に取った。

VネックでAラインのドレスだ。ノースリーブで腕は出すが、襟ぐりも深すぎない。でも上から覗いたら胸の谷間がチラリと見えそう。

「胸元の花の刺繍《ししゅう》とスパンコールが華やかだけど、これ色が白だったらウエディングドレスにも見えそう」

「白じゃないから問題ない」

「この程度の装飾なんて地味な部類よ」

なんならこれもアリでは、とコウリンさんが持ってきたのは真っ黒のドレス。結婚式に全身黒ってアリなんだっけ？　と思いきや、なんとスカートの後ろは白いレースとフリルをたっぷり使ったデザインだった。

「これなんて後ろだけ見たらどちらが花嫁？　って思われそうよね。とっても可愛らしいわ」

「それは私の心臓が落ち着かないです」

白色はＮＧでお願いします。バックだけだから大丈夫と思える神経はしていない。

試着室で何度も着替えさせられて、結局一番しっくり来たのは玖条さんが最初に見せた淡い水色のドレスだった。長さも足首まででちょうどいい。

それに合うショールを選び、靴とバッグにアクセサリーまでコーディネートされる。

「あと一時間でヘアメイクまで完成させるわよ」

凄まじい筆使いで私の顔が完成していく。見様見真似《みようみまね》なんてできそうもないテクニックで、なにを順番に使ったのかも追い付いていない。

「肌はマットよりも艶感を出してフェロモン醸し出すわよ。しっかりハイライトを入れてコントゥアリングを意識して、でも厚塗り感には気を付けて重くならないように」

陰影をつけて立体的に見える小顔メイクということらしいけど、もはやなにをされたのかもわからない。でも鏡に映った私はいつも見る顔とは違っていた。

「鼻筋がすっきり！　すごい、小鼻消えてる？」

「デコルテの方までトーンアップさせるわよ」

後で使った化粧品の一覧がほしい。ぜひとも参考にさせていただきたい。

ベースメイクとアイメイクが終わると、もはや原型は残っていないのでは？　と思うほど別人に変貌していた。

「まつ毛のクルンがすごい。まつ毛パーマしましたっけ？」

「この短時間でパーマまでは無理ね」

仕上げにホットビューラーでカールをつけてくれたそう。

髪はアップスタイルで、編み込みを入れつつおくれ毛を丁寧に巻いてもらった。普段は横に流している前髪も、今回は思い切って額を出す。

「はい、完成。ちょうど一時間！　お疲れ様」

「ありがとうございました！」

着ていた服やバッグ類は紙袋に入れて、玖条さんに預かってもらっている。完成した姿を披露するのは少々恥ずかしい。

「あの、終わりました……」

待合室で待っていてくれた彼の前に出ていくと、玖条さんはわかりやすく目を瞠った。

「……化けたね」

「でしょう？」

ハリウッドメイク並みにびっくりな変身ではないだろうか。簡単には私だと気づかれまい。

「ひばりさん、今のはそうじゃないって怒っていいのよ？」

背後から呆れたように助言された。

「俺はいつものひばりも可愛いと思っているが、今の君は目が離せなくなるような美女だ」

「そ、それはどうも……」

直球の褒め言葉は照れくさいのですが。

変な汗をかいたらせっかくのメイクが崩れてしまう。

「紅林さん、余計な虫がついたらどうしてくれるんだ？」

「あ～ら、追い払うことくらい自分でしなさいな。得意でしょう？」

へえ、得意なんだ。歴代の彼女には嫉妬深かったのだろうか。

玖条さんは眉間に薄っすらと皺を刻むと、なにやら苦悩が混じった息を吐いた。

「やっぱり今日の結婚式には不参加で」

「いや、無理だから」

行ってこいと言っていたのはどこの誰だ。

「コウリンさん、晴臣さん、最強の鎧をありがとうございました。これで戦えそうです」

心理的にも無敵な気分だ。女性は見た目を着飾ると、自己肯定感が上がって精神的に強くなれる気がする。

「俺も裏方で潜り込めないか再度交渉を……」

「やめなさい、晴臣」

子供のような扱いをされる玖条さんが珍しくて、私は思わず噴き出した。


誰かの喜びは自分の喜びのように祝いなさい——と、幼い頃祖母に教えられた。

お祝い事は全力で祝って、「おめでとう」を言える友人たちにも恵まれた。だからこうして、人生の中で一番とも言える晴れ舞台に一切祝福することなく参加するなんて、きっと後にも先にもこれっきりだろう。

「受付よろしいですか？」

「はい、もちろんです！　こちらにお名前をお願いします」

新婦の友人だろうか。二十代前半の女性がふたり、受付に座っている。

十五時スタートの披露宴の開始十分前に到着した。

披露宴は約二時間半、十七時半に終わる予定だけれど、中盤で帰ろうと思っている。新婦のお色直し中に席を立っても問題ないだろう。

花嫁の手紙を読むシーンなんてあったら砂吐きそう。私は人前で手紙を読みたくはなかったのでナシにしたけれど、彼女は組み込んだかもしれない。

台帳に名前を記入し、バッグからご祝儀の袋を取り出す。

ご祝儀の三万円は手切れ金だ。

正直一万円だってあげたくないけれど、考えを改めることにした。

今の私は玖条さんに甘えすぎている状態だ。先ほどのサロンだってまったくお金を出させてもらえていない。そんな状況の中、ご祝儀を出し渋るのはいかがなものか。

これは新婦の赤ちゃんのためのご祝儀だ。子供に罪はないので。

けれど私が受付係の女性にご祝儀を渡す前に、後ろから声をかけられた。

「まさか、ひばりさん？」

「あ……お久しぶりです」

圭太の両親だ。会うのは両家の顔合わせ以来だけど、その前から面識はあった。

少しやつれているように見えるのは気のせいではなさそう。特にお母様は精神的に憔悴《しょうすい》しているように見えた。

「ひばりさんにはなんてお詫びをしたらいいか……」

「愚息が申し訳ない」

常識的なご両親から謝罪を受けると心が痛む。

はいも、いいえも言えない。

それに受付の前でこんな話をするのも余計な話題を与えてしまいそう。

私はさりげなくふたりを人気のないところへ誘導し、謝罪を受け入れた。

「おふたりのことをお義父《とう》さん、お義母《かあ》さんとお呼びできなかったのは残念です」

これは本心からの言葉。圭太への気持ちは綺麗さっぱり消えたけれど、このふたりはとても優しい人たちだった。

「ひばりさんのご両親へも謝罪に伺いたいと思っていたんだが、それも負担になるだろうかと考えていてね」

「お気持ちだけで十分です。ありがとうございます」

圭太が謝罪するわけじゃないなら意味がないし、両親も困惑するだけだろう。

つくづく結婚とは当人同士の問題じゃないんだな……。関係者も増えて、大変な制度だわ。

「ひばりさん、まさかそれはご祝儀じゃないわよね？　そんなのダメよ！　絶対受け取れないわ」

「あ、はい、でも……」

「そうだ、むしろ君は圭太からきちんと金を支払ってもらわなければいけない立場だろう。あいつはいくら慰謝料を支払ったんだ？　まさか踏み倒しているなんてことは」

圭太のお母様は私の手からさっとご祝儀袋を抜き取って、私のバッグに押し込んだ。なんとも素早い。

「実はまだ支払ってもらっていなくって……慰謝料といっても、引っ越し代と新しい家の敷金、礼金の相場くらいですが」

「今すぐ私たちが払おう。母さん、私の財布はどこだ」

「いえ！　そんなことまでしていただくわけには。それにまだ猶予は数日残っているので」

結婚式後の明後日までに支払うようにと連絡していた。本当に口座に振り込まれるかは謎だが。

請求金額は三十万円。

元々私が住んでいたマンションの家賃が約十万円で、敷金はひと月半と少々お高めだった。

二十三区内の駅近で築浅、オートロックのマンションで独立洗面台付きだとそのくらいはしてしまう。

正直引っ越し代を五万円と低く見積もっているのだから、三十万くらい一括で払ってほしいが。

圭太のご両親には援護射撃をお願いすることにした。

「なにか事情はあるんだろうけど、気分が悪くなったらすぐに帰っていい。というか、今すぐ帰ってもいいんだよ？」というおふたりの厚意に頷いた。

私が参加している事情を聞いてこないあたり、いい人たちだなと思う。

受付に戻ることなく会場に入った。ここで私の名前がなかったら控室に乗り込んで帰ろうと思ったけれど、新郎側の友人席に私のネームプレートがあった。

会場内の席数は私が予定していたときよりも減っている。特に新婦側は親族席と、テーブルがひとつしか埋まっていないんじゃないだろうか。

同じ職場だと呼ぶ人も被るし、テーブル席を減らすしかないわよね。一か月前に急な変更って、キャンセル料いくらかかったのやら……。

真っ白なテーブルクロスにピンクとオレンジ色の花が飾られている。私のときのテーマカラーはターコイズブルーと白だったんだけど、よくギリギリで色を変えられたものだわ。

お皿に載ったくすみピンクのナプキンは可愛らしい。どうやら男性はオレンジ、女性はピンクで統一しているようだ。

「あ、こんにちは。新郎の友人の橘《たちばな》です。えーと、あなたは圭太とはどこで？　あいつ顔が広いから、飲み屋で知り合った友人まで招待しているんですよ」

よりによって顔見知り……相手は私に気づいていないらしい。

「お久しぶりです、橘さん。新郎の元婚約者の志葉崎です」

「え……ええ⁉」

その驚きは何故私がここにいるのかということか。それとも、私のメイクマジックに驚いたのか。

「マジ？　え、嘘」と動揺しているうちにＢＧＭがかかった。ようやく主役ふたりのお出ましだ。

幸せな新婚夫婦が登場する。新郎の衣装は私と選んだものだった。

私が新婦だったら追加料金を払ってでも変更させると思うけど、意外にも彼女はそこまで気にしないらしい。

ところどころで冷えた空気を感じながら、私も手を叩いて出迎えた。私にも手を叩くくらいのサービス精神は持ち合わせている。

テーブルを通り過ぎた瞬間、圭太は面白いほど動揺を見せた。

「ひば……っ⁉」

悲鳴のようにも聞こえるからやめてほしい。人前で営業スマイルを崩すなんてらしくない。

でも、主役の花嫁から一瞬でも意識を逸《そ》らせたことは良しとしよう。

よそ見していた圭太が躓《つまず》きそうになった。

今のところ、動画で残っていたらぜひ送ってほしい。

その後も時折新婦から睨《にら》みをぶつけられるという可愛らしい演出もあったが、私の心は驚くほど凪《な》いでいた。私が選んだコース料理を堪能できたのも大きいかもしれない。

やはり食事はちゃんと堪能したい。

食事を食べる暇もない主役ふたりを眺めながら、私は図太くもお腹を満たすのだった。


主役ふたりがお色直しで席を立った。私もこれ以上付き合うつもりはないので帰ろう。

「用事があるのでお先に失礼します」と橘さんにだけ告げて、そっと席を立つ。

圭太のご両親にまた挨拶をするべきかと一瞬迷ったけれど、やめておこう。泣かせてしまったら場をしらけさせるし、新婦側の家族との間に溝を作ってしまう。

広間の外に出ると、控室に行ったはずのふたりが私を待ち伏せていた。

気づかないふりをしたいが、先に新婦が私に声をかける。

「なによ、その恰好《かっこう》。私への当てつけのつもり!?」

当てつけとは？

純白のドレスならまだしも水色だし、肌の露出も控えめにして場を弁《わきま》えている。

「大変、サヤさん。そのお目目を大きく見せるカラコンの度数が合っていないいんじゃない？　水色が白に見えるなんて」

「サアヤよ！　それ、カヨコ・タハラの新作でしょ？　わざわざ新作のドレスを着て私たちの結婚式に来るなんてどういうつもりよ！」

新作のドレスかどうかなんて私にはわからないけれど、主役がお怒りだ。

ご自分から招待しておいてそんな言いがかりを言われるなんてあんまりでは？　後ろでおろおろしているスタッフもかわいそう。

「お祝いに決まってるじゃない。ねえ、柳内さん？」

「あ？　あ、ああ」

歯切れの悪い言葉しか言わない圭太は無視する。

時間がないふたりを引き留めるのはスタッフに迷惑だろう。

「一度は結婚を決めた人が結婚するんですもの。交際していた六年という月日は短くはないし、きちんとオシャレをして門出を祝ってあげなきゃと思って。私のお古を引き取ってくれてありがとう、サヤさん。お腹の子と一緒にお幸せに」

お腹はぺったんこだけど。

つわりもなさそうだし、体調は万全そうだ。

「そうそう、柳内さん。明後日が慰謝料の期日だから。忘れないでね？」

にっこり笑ったら後退《あとずさ》ったのだけど。大丈夫かしら、この男。

「もうお時間が」と急《せ》かすスタッフの方たちに会釈して、私は出口へ向かう。

言いたいことは言った。

でも気持ちが晴れやかかと問われれば、正直微妙だ。

「そうだ、玖条さんに連絡を」

スマホを取り出すと『ホテルのロビーで待っている』と、三十分前に受信していた。

『帰りたくなったらおいで』とのメッセージにもっと早く気づいていたら、私は速攻で席を立っていただろう。

結局一日付き合わせてしまった罪悪感と、彼の懐の広さに胸がギュッとする。

「はあ~まいったわ」

メッセージひとつでこんなにも感情が揺さぶられるなんて。

傍《そば》にいてほしいときに手を差し出してくれた人を好きにならない方がおかしい。

「あ……」

ホテルのロビーのソファに座る玖条さんを見つけた。

長い脚を組んでタブレットを弄《いじ》っている。仕事中だろうか。

「ねえ、見て。イケメンすぎる人がいる」

「ほんとだ、俳優さん？　一般人じゃなくない？」

通りすがりの女性陣の声を拾う。

ベストとネクタイという姿はなんとも言えない色気を醸し出していた。ジャケットを着ていなくても上質で仕立てのよさというものが伝わってくる。

チラチラと視線を浴びているのにまったく動じていない。日常茶飯事だからか。

「……声かけにくいわ」

この中で近づく度胸はない。私はそっと柱の陰に身を隠して、待ち合わせ場所の変更を伝えようとする。

車を停《と》めているなら駐車場の近くがいいだろうか。それともホテルのエントランス……。

「見つけた」

「ひ……っ！」

ひょっこり顔を出されて心臓が跳ねた。先ほどまで座っていた場所からいつ移動したの。

「く……はる、みさ……」

「ごめん、びっくりさせすぎた？　君の気配を感じたから来てみたんだけど」

気配を感じたって、なにそれ。妙な特技を披露しないでほしい。

「な、なんで……」

「そろそろ出てくるんじゃないかと思っていた。もうここに用がないなら行こうか」

そっと手を出された。当たり前のようにエスコートをしてくれるらしい。

ショールがずれ落ちないように片手で押さえながら、反対の手を玖条さんの手に重ねた。

車に乗り込んでふたりきりになると、ようやく謎の緊張から解放される。

「あの、待っててくれてありがとう」

「どういたしまして。本当はやっぱり裏方にでも潜り込みたかったんだけど」

無理でしょう、そんなスパイ行為。

「気持ちだけで十分。それに、晴君の顔を見たらほっとして脱力しそう」

せっかく綺麗にセットしてもらった髪を崩したくはない。

ヘッドレストにつかないように気を付けながらシートベルトを装着しようとするが、玖条さんが私の手を取った。

身を乗り出してかちゃん、とシートベルトを装着してくれた。ふわりと漂う彼の香りと、すぐにでも触れられそうな密着度が胸の鼓動を加速させる。

「さて、この後どこに行きたい？　お姫様」

玖条さんの手に触れる。目で追っていただけなのに、頭で考えるよりも先に手が出てしまった。

「あの、ちょっとだけお借りしても」

「もう触ってるけど」

にぎにぎと、彼の骨ばった手に触れる。まるでマッサージでもするように、伸ばして揉んでを繰り返す。

「えーと、ひばりちゃん？」

戸惑う玖条さんは珍しい。

私も何故こんなことをしているのだろう。

たっぷり触れたらなんだか心が安定してきた。一体なんのセラピーなのかわからないけれど。手フェチに目覚めそう。

「ありがとうございました。じゃあコウリンさんのところへ戻りましょうか」

衣装を返さなくては。私が着てきたワンピースは車に置いてあるはず。

「今の行為についての説明は」

「ただのマッサージだけど？」

勝手に自分の欲望に従っただけなのにマッサージで言い逃れるのはズルいかも。でも、それが私にできることのひとつかもしれない。

料理上手な彼を労わりたいとなると無償のなにかで返したい。定期的に玖条さんの肩や背中を揉《も》み解《ほぐ》すのはどうだろうか。凝っているかはわからないけど。

「はあ、惚《ほ》れた弱みというのは辛い。そんなことをされたら今すぐ人目を気にしなくて済む場所へ連れて行きたくなる」

直球の駄々洩《だだも》れは私の心臓にも悪い。

惚れた弱みなんて聞いて、体温が僅かに上昇した。

「……ドレスを返した後でなら……」

小声でぽつりと呟いた声を正確に拾ったらしい。

「ドレスもバッグも靴も全部購入済みだから返す必要はない」

「え？　ええ⁉」

あそこはレンタルだけじゃないの？　購入もできるの⁉

今すぐスマホで値段をチェックしたくなる。このドレスは一体いくらしたのだろう。

「君に似合っていたから。もしかして気に入っていなかったか？」

「いえ、そんなことは……着心地もよくてスタイルアップにも見えて、馬子《まご》にも衣裳《いしょう》という感じで」

今日だけで総額いくらかかったの。

玖条さんの金銭感覚がどうなっているのか気になるけれど、きっとこの程度は大したことないと言いそう。あまり詮索する方がかえって失礼かもしれない。

「それで？　この後はどうしたい？」

夕飯にはまだ早くて少し中途半端な時間だ。それに軽めのコース料理とはいえ、食事を終えて一時間ほどしか経っていない。

「せっかくドレスアップしたのだからどこかに行くのもいいけれど……私も人目がないところに行きたい」

このまま帰宅して玖条さんに甘えたい。

口にしなかった願望は正しく彼に伝わったようだ。

彼は「了解」と告げて、滑らかに発車した。

マンションに到着してからすべての荷物を玖条さんに奪われた。片手は彼にしっかりホールドされている。

「あの、手を繋いだままなんて歩きにくいんじゃ」

「いいや、繋いでいない方が安心できない」

カードキーを差し込んでエレベーターのフロアボタンを押す。どことなく焦燥感に駆られているのは気のせいだろうか。

私が変なことを言ったから気まずい空気が流れているのかもしれない。

帰宅したらお茶を淹れて、玖条さんを労《ねぎら》って……と夕飯の準備から寝るまでの時間をシミュレーションしていたら、すぐに目的のフロアに到着した。

「お先にどうぞ」

「ありがとう」

玄関の扉を開いてくれた。彼は常にレディーファーストで私を優先させてくれる。

やっぱり本質は紳士だよね……なんて思っていたら、靴を脱いだ途端身体を抱き上げられた。

「きゃあ！　ちょ、ちょっと待って」

「もう十分待った」

まさか寝室に連れて行かれるんじゃ……と身構えたけれど、彼はリビングのソファに私を下ろした。

そして私の隣に座り、両腕を広げてみせる。

「え……と、これは」

「俺に甘えたいんだろう？　ほら、君からおいで」

「っ！」

ここまでお膳立てをしたんだから、最後に胸に飛び込むくらいはできるだろう？　ということらしい。

「でも、あの、急に？　あ、先にお茶とか」

「いい、いらない。今の優先順位はなんだ？」

「……っ」

自分の気持ちを誤魔化すのはよくない。本音を後回しにしたら、それがいつしか当たり前になってしまう。

最優先にするべきことは、私が一番求めていることなのだと気づかされた。ギュッと眉根を寄せる。

「……甘えても、いいの？」

「なにを今さら。むしろ君が頑なに甘えてこない方が自信をなくす」

そんなに頼りにならない存在かと落ち込むと言われ、納得した。

多分私は、一度玖条さんに触れたら箍《たが》が外れたように彼を求めてしまいそう。今まで恋人に満足に甘えたことはない。

「そろそろ腕が疲れてきたんだが」と言われたのを合図に、私は思いっきり玖条さんに抱き着いた。

自ら彼の膝に乗り上げて、鍛えられた胸を堪能する。

でもなにか物足りない。膝の上に乗ったら彼の胸に顔を埋められない。

「足りない」

「ん？　って、うわっ」

身体をひねって玖条さんをソファの座面に押し倒した。さすがに押し倒されることは想定していなかったようだ。灰色の瞳を丸く見開いている。

「やっぱり、君は思い切りがいいと言われないか」

「他の人には言われたことないと思う」

玖条さんの腹部に手を乗せる。ベスト越しでも筋肉の硬さが伝わってきそう。

たくさん手で触れたいけれど、それは後回しにしよう。

「化粧がついたらごめんなさい」と告げてから、私は玖条さんの胸に抱き着いた。体重をかけないように分散しているけれど、重いと感じているかもしれない。

「抱き着くように言ったのは俺の方だが、これは予想外だった」

肩にかけっぱなしだったショールをはぎ取られた。きっとあれも一緒に購入したのだろう。

背中に腕が回る。その力強さが心地いい。

「重い？　この体勢」

そっと顔を上げる。

玖条さんはクッションを枕替わりにして身を起こすと、私をじっと見下ろした。

「重くはないが……理性をぶん回されている気分だ。いつも以上に魅力的で美しい顔で、谷間まで見せつけられたら……」

僅かに耳が赤い。まさか照れている？

そっと彼の耳に触れると、肩がビクッと反応した。

「耳、弱かったっけ？」

「ひばり……ひばりちゃん、頼むから煽らないでくれ」

なにやらゴリッとしたものが当たる。これは指摘しない方がいいのだろうか。

「まさか今日の結婚式で他の男たちも誘惑したんじゃないだろうな」

「ハッとした顔でなにを……誘惑なんてしてないから。喋ったのだって、隣の席の橘さんくらいだし」

「へえ、どこの会社にお勤めの橘さん？」

「知らないし詮索しないで、怖い」

きっとこの人は身辺調査をやろうと思ったらすぐにできそう。それだけの人脈と資金もあるだろうし、隠し事なんて通用しなさそうだ。

「それで、主役のふたりとはどうだったんだ。新郎を悔しがらせることはできたのか？」

「悔しがらせる目的は……まあ、ないと言ったら嘘になるけれど。でも、多分達成はできたと思う」

なんかまともに会話できなかった。

あれは私があまりにも別人になっていたから、びっくりしただけではないだろう。

「そう。正直複雑な気持ちだ。こんなに綺麗な君を惜しくなったと思ったらどうしてくれようか」

ぎゅうぎゅうに抱きしめられる。

私が甘えているはずなのに、なんだか甘えられている気がする。

「それで？　新婦はどうだったんだ？」

「なんかずっときゃんきゃん吠《ほ》えていたけれど。自分から招待しておいて、このドレスも私への当てつけなのかって。でも、ギリギリだったわりにお友達は数人集まっていたし、テーマカラーも彼女の意見が反映されたみたいでピンクとオレンジに変更されていたわ」

規模を縮小したから変更が可能だったのかもしれない。招待客は減っていたから。

「それと新郎のご両親とも少し話したの」

「なにか嫌なことを言われた？」

背中を撫でる玖条さんの手が優しい。安心感をもたらしてくれる。

「ううん、いい人たちなの。常識的で良心的で、ただただ申し訳ないって謝罪してくれて……あいつが払っていない慰謝料も今すぐ払うとまで言ってくれて。ご祝儀なんて受け取れないからって、バッグに戻されちゃった」

「常識的な人たちだな」

自分の両親と同世代の人たちに謝罪をされて心が痛むなんてはじめて知った。

いっそ嫌味のひとつでも言われた方が綺麗に別れられただろうに、最後まで申し訳なかったって謝ってくれた後ろ姿が忘れられない。

「いい大人なんだから責任を取るのは本人だけのはずなのに、親はいつまで経っても親なんだなって思わされたわ。この人たちと縁が切れたこともなんだか切なくて、いい歳して心配かけさせる圭太には何度目になるかわからない呆れを感じた」

裏切られて失望して、憎くて嫌いだと思えるほどの熱量が私にはない。多分そう思えているのは玖条さんと出会えたから。

結婚前にどうしようもない男だったと気づけたのは運がよかった。今日を境に、すっぱり縁を切ってしまいだ。

時間が経つにつれて、正直慰謝料もどうでもよくなってきた。結婚式の前払い金は現金で貰っているから、最低限は回収できている。

「今日を区切りに縁が切れたと思うから、行ってよかったって思ってる。協力してくれてありがとう」

顔を上げて玖条さんの目を見つめる。

彼の後押しがなかったら、きっとぐずついた気持ちが長引いていただろう。気持ちの区切りをつけるというのは簡単なようでいてなかなか難しい。

「ああ、うん……俺としてもさっさと前の男のことを忘れてほしかったから、その手助けがしたかっただけで」

礼を言われるほどのことはしていないとでも言いたげだ。玖条さんはテンパると少々素直になりがちだと思う。

「やっぱりこの体勢はダメだ。頭が煩悩に支配される」

片手で顔を覆いだした。確かに彼の雄はずっと硬いままだ。

一旦退いた方が双方のためだろう……と、上体を起こす。でも正直まだ離れがたい。

玖条さんの腹部に触れてからそっとベストのボタンを外していく。

僅かな解放感に違和感を覚えたのだろう。彼は顔を覆っていた片手を外すと、ギョッと目を見開いた。

「待て、急にどうした」

「抱かれたくなって脱がしてる」

ベストのボタンを外し終えたので、ネクタイに指をかけようとした。だがその手をパシッと握られてしまった。

「なんで邪魔するの？　晴君の身体は素直に反応してるのに」

「そんなエロ親父《おやじ》みたいな台詞を言うものじゃない」

「自己申告制じゃなかったっけ。私が抱かれたくなったら自分から懇願するようにと言ったのはどこのどなた？」

「俺で間違いないが、急に積極的になられたら困るんだよ。君に触れられたら余裕なんてなくなってしまう」

いつも余裕たっぷりに見えるけれど、彼なりに葛藤があったのだろうか。

「書斎に飾られていた写真について、私はぼんやりとしか覚えていないから晴君の口から聞きたい。軽井沢のチャペルで出会っているんだよね。私は新婦の親戚で、母方のはとこの結婚式だったんだけど、晴君は新郎側の関係者として出席していたの？」

自力で思い出すようにと言ったのは、きっと彼にとって大切な思い出だったから。

私がずっと考えていたという事実が大事で、思い出せなかったら答えをくれない人ではない。

「教えてくれないならこのまま脱がす」と山賊のようなことを告げると、玖条さんはあっさり白旗を上げた。

「新郎が母の従弟で、つまり俺たちは遠い親戚同士ということになる」

玖条さんのお母様の従弟だから、名前は玖条ではない。気づけなかったとしても無理はなかった。

「私、なにか失礼なことをしでかしましたでしょうか……」

現在進行形でセクハラをかましているが。

襟ぐりから覗く喉仏と鎖骨がとんでもなくセクシーだ。

「二十年以上も昔のことだから覚えていないのも無理はないが、はじめての挙式に感動して自ら結婚式ごっこをし始めた記憶は？」

「え？　あったっけ？」

結婚式ごっことは？　ブーケでも作ったのだろうか。

「でも結婚式をやりたいって言いだしてもおかしくはないかも。大人になるまで待ちきれないって駄々こねてそう」

「そう。それに付き合ったのが俺だ」

「ええ⁉」

五歳児の自分を思い出す。

そういえば人見知りなんてまったくしなくて、誰彼構わず話しかける子供だった。もしもその場にいた子供が玖条さんだけだったら、私が巻き込んでいてもおかしくはない。

「私が五歳ってことは、晴君は九歳、十歳くらいよね？　具体的には一体なにを……」

「十歳だったな。無人になったチャペルで手を繋いで何度もウエディングアイルを往復させられたり、レースがついたハンカチを頭に乗せてベールの代わりに使ったり、それを俺にめくらせて誓いのキスをせがんだり」

「わあぁー！　もういいです！」

想像以上にアグレッシブすぎた！

子供の純真な強引さが無敵すぎる。

「それ本当に私が？　記憶捏造《ねつぞう》してない？」

「してない。大人の目を盗んで結婚式ごっこに巻き込まれた挙句、ファーストキスを失うなんて思ってもいなかった。しかも年下の女の子からキスをされた」

「私から!?　すみませんでした！」

今すぐ床に下りて土下座したい。

キスをして覚えていないなんて、自分勝手にも程がある。

居たたまれなくなって彼の上から退こうとする。だがそれを阻止するかのように腰を引き寄せられた。

「わあっ」

仰向けに寝転がった玖条さんに抱きしめられた。

身体をごろりと横に向けられて、腕の中に閉じ込められる。

「あの、怒ってないの？　私の山賊のような強引さに」

「怒る？　まさか。確かに君はすっごく強引に俺の心を奪ったけれど、そんなところも可愛くて可愛くて、吐きそうになるほど可愛かった。可愛すぎて連れて帰ろうかと思ったくらい可愛かった」

「ナチュラルに誘拐発言！」

可愛いドレスを着せてもらえてテンションが上がっていたのは覚えているけれど。美少年のファーストキスを奪った記憶がないなんて、私のメモリーの容量が少なすぎないか。

「目をキラキラ光らせて、「結婚式しよう！」と誘われたらコロリと落ちるだろう。それに君は、ごっこじゃなくて本物にしたらいいとまで言ったんだ。あれは逆プロポーズだと思っている」

「まさかの逆プロポーズ……！」

玖条少年は押しに弱かったのかもしれない。まあ、そんな風に迫られたら驚きすぎて、びっくりがドキドキに変わることもあるかも……。

「なんだこいつって思わなかったの？　私だったら引くと思う」

「それがまったく。きっと君がタイプだったんだろうな」

顎の下に指を差し込まれて、スッと視線を固定させられた。目を合わせるのが気まずいけど、彼はそんなことお構いなしのよう。

「君は本気じゃなかったと思うけど、俺はそのとき思ったんだ。ああ、将来この子と結婚しようって」

「え？　重っ！」

「はじめて父になにかをねだったのもこのときだった。それまで誕生日やクリスマスプレゼントにもあまり興味がなかったから」

物欲の塊だった私の幼少期とまるで違う。ほしいものなんて秒で変わるような年頃ではないのか。

「なにをねだったの？」と恐る恐る尋ねると、彼は「チャペル」と答えた。

「あのチャペルを併設しているホテルごと買収してほしいとねだったんだ」

「子供のおねだりの規模を超えてる！」

そんなことを言われたお父様はさぞかし驚いたことだろう。十歳児が買収って言葉を知ってるものなの？　恐ろしい。

「まあ、結局買ってはくれなかったが」

そう言われてホッとする。なんでも買い与えるようなご両親ではなかったようだ。

「ほしいものは自分で得るようにと言われて、それもそうかと納得したからな」

「私が知ってる小学生じゃない……」

予想外のカミングアウトに動揺が隠しきれない。ツッコミが追い付かない。

「それで、チャペルの買収はいつ頃……？」

「数年前。中学から大学まではイギリスに留学してたんだ。そこで経営を学んで大学時代に作った会社を売ってから日本に帰国して、業績不振に陥っていたチャペルを買収した。オーナーは俺だが、玖条グループの傘下にしている」

さらりと会社を起業していたことまで明かされた。なんだかもう驚くものもなくなってきそう……。

「ちなみに買収した理由は、思い出の場所だったから？」

「もちろん。まあ、理由はそれだけじゃないが、一番の動機だな。君があんなにも天使のような笑顔でうれしそうにしていたから、場所ごとほしくなった」

場所ごとほしくなって実行できる人って、そうそういないだろうな……つくづく住む世界が違う人だと思う。

「私、自分のファーストキスを覚えていないことにも驚きだわ」

そう呟いた直後、唇にキスを落とされた。

「君が覚えていなくても、俺が何度でもキスするから問題ない」

「いや、そんな何度もはいらな……ちょっと、まだ話し中っ」

額と頬にも口づけられて会話が途切れる。

「……っ」

玖条さんの唇に私の口紅が薄っすら移っているのが艶《なま》めかしい。

子供の頃に結婚式ごっこに巻き込んでファーストキスを済ませていて、逆プロポーズに成功している、と。

つまり今の状況は、あの頃の約束を守った結果ってこと？

「でも、それから私たちって交流はなかったよね？」

「まあ、直接は」

意味深すぎる返答だ。

親同士ではあったとも考えにくい。

「晴臣君？」と笑顔に圧を込めてみる。もうこの際全部吐き出してほしい。

「交流はなかった。でも定期的にひばりの動向は見守っていた」

「見守って、とは」

「どこに進学してどう成長しているのか。別に大したことはしていない。親族経由で聞いただけだ」

親族同士から聞き出した情報を集めていたのだとしても、それってストーカーの一歩手前では？

彼自身はイギリスに留学していたということだけど……深く探ると闇を覗いてしまいそう。

「じゃあ、私が圭太と結婚することも知ってたの？」

「ひばりに長年恋人がいることは把握していた。その彼と結婚することも」

私が大学時代から圭太と付き合っていたのを、ずっと見守っていたということか。イギリスから帰国して会いに来ることもなく。

まあ、いきなり会いに来られても、誰？　となりそうだけど。

「じゃあ結婚式ごっこを実現するつもりはなかったのね」

「君が幸せならそれが一番だから。邪魔するつもりはなかった。でも、まさかあの思い出のチャペルで再会するとは思わなかった」

当たり前だがあの日の行動は突発的に起こしたもの。元々計画していたわけではない。

「偶然再会したとき、君がひどく傷ついていて心が痛んだ。本物の結婚式を挙げられるはずだったのに、なかったことになったと聞いたら平常心なんかじゃいられない。それなら俺が君を幸せにしたいと思ったんだ。今度は本物の結婚式を、思い出の場所で」

「……っ」

慈愛に満ちた眼差しが優しくて愛《いと》おしい。

運命なんて信じたことはなかったけれど、あの日あの場所で偶然再会できたことは運命以外では説明できない。もしくは神様の悪戯《いたずら》か。

「だから契約結婚なんて持ちかけたの？　いきなり私と結婚したいなんて言いだしたら不審がられるから」

「まあ、そうだな。自分でもなかなか強引だったとは思っているが、元々結婚は夫婦の契約だと思っている。嘘はついていない」

「お互いが一番の味方になって対等に話せて、尊重するパートナーに」

それは私にとっても理想的な夫婦像だ。

彼と話し合ってきた結婚の価値観は共感するものが多かった。夫婦になるなら対等に話し合えることが前提である。

「じゃあ毎年結婚を継続するか離婚するかの協議については？」

「……契約の更新は重要だが、まずは解約されないように努力するのが大事だろう」

「誰か好きな人ができたら即相談というのも」

「その相手よりも俺の方がいい男だと証明させてみせる」

いや、全然手離すつもりないじゃない。思わず笑ってしまいそう。

でも、私も解約よりも継続を選びたい。そして良好な夫婦関係を維持するためにできる努力をしなくては。

「……子供についてはどう思ってるの？」

恋愛感情が芽生えた後に要相談で落ち着いていたけれど、彼の本心を聞いておきたい。

「それは……男がほしいと言える立場ではないと思っている。出産のリスクを考えたら、女性に産んでほしいなんて口が裂けても言えないだろう。それに、俺はたとえ子供が産まれたとしても俺の優先順位はひばりだから」

子供を一番には考えられない。

そう堂々と言えるところは馬鹿正直というかなんというか……でも、いつだって私を優先したいという感情が好ましい。

「そっか。じゃあしばらく避妊は必須だね。私だって晴臣を独り占めしたいもの」

ギュッと抱きしめると、彼の背中がピクリと反応した。

そろそろ我慢の限界ではなかろうか。

子供については追々考えるとして、今は早く彼と繋がりたい。

「私をあなたの花嫁にしてくれるなら、私が持っているもの全部あげる。だから晴臣も私にちょうだい？」

そっと自分からキスをした。

誓いのキスには程遠いけれど、今はもう本物の結婚式を挙げることにも躊躇いがない。やっぱり神様の前で嘘をつきたくないから。

「私、とっくに晴臣が好きみたい」

妥協した結婚に意味はない。憧れの結婚式は、大好きな人と挙げるのが大前提だ。

いつしか結婚式を挙げることが夢になっていたけれど間違いだった。誰でもいいんじゃなくて、愛する人と挙げることに意味がある。

「……そんなに俺を喜ばせたら、どうにかなってしまいそうだ」

目元がほんのり赤く色づいた。灰色の瞳も潤んでいる。

彼のこんな表情を見られるのは自分だけだと思うと、不思議な独占欲が湧いてきそう。他の誰にも見せたくない。私だけが見られる特権だ。

「掴まって」と一言呟いた直後、腰に回った腕に力が入った。

「きゃっ」

身体を抱き上げられるのは一体何度目だろう。迷いない足取りで寝室へ向かっている。

「あの、私から誘っておいてなんだけど」

「なに？」

額にキスをされながらベッドに下ろされるとか、甘すぎて言葉にならないんですが！

心臓がバクバクしている。自分から襲っていたときはここまで緊張しなかったのに。

「えっと、もうすぐ夕飯の準備をする時間かなって……」

いつの間にか時刻は十八時を過ぎている。

そろそろ食事の準備に取り掛かりたいところ。

「確かにそんな時間だが……俺は今すぐ君を食べたい」

しゅるりとネクタイを引き抜いた。

その仕草がなんともセクシーで、目が釘付《くぎづ》けになる。

「あの、お手柔らかに……」

「先ほどまでは君の方が威勢よかったが？」

それはそうだけど、急に雄全開で来られるとこっちも逃げ腰になってしまう。正直、逃げ腰状態だった玖条さんを攻める方が楽しかった。

ドレスのファスナーを下げられた。彼の手つきが壊れ物を扱うように優しくて、私の緊張感を高めていく。

玖条さんは着ていたシャツを床に落とした。鍛えられた上半身は綺麗に腹筋が割れている。

「一体いつ身体を鍛える時間が……」

「仕事の合間とか。筋肉がないといざというときに大事な人を守れないだろう？」

「実用的な筋肉作りだったの？」

「結果的には」と笑った顔にも心臓がキュンと高鳴った。

ああ、困った。なにをされてもドキドキが止まらない。

長らく忘れていた恋のトキメキが再燃しそう。大切な人を守るためにトレーニングを欠かさないなんて、いい男すぎる。

「私、自分が不甲斐《ふがい》ないのでなにかできることを必死に考えるね」

「どうしたの、急に」

「いや、なにを返せるんだろうってずっと考えてて……毎日晴君にマッサージをするくらいしかできないんじゃないかって」

それでも素人が余計なことをしない方がいいかもしれない。身体のマッサージはプロに任せるとして、リフレクソロジーくらいならできるかも。

「あ、足つぼマッサージなら健康にいいかも」

「それ絶対痛いやつだろう」

彼は笑いながら私を脱がしていく。

ドレスをひん剥《む》かれて、あっという間に下着姿になった。

「フロントホックっていやらしいな」

「その発言はちょっと親父くさくない？」

プツン、と胸のホックを外された。締め付けから解放される瞬間が結構好きだ。

「まあ、なにを着てても、君が着ているだけでいやらしいと思うんだが」

「それはさすがに問題発言」

色気皆無な下着を見てもセクシーだと思うってことか。眼科案件だと思う。

じっくり身体を見つめられるとさすがに困る。じりじりと体温が上昇し、彼の視線から逃れたくなった。

「あの、あんまり見られるのはちょっと……」

「どうして？　こんなに綺麗なのに」

スッとお腹を撫でられた。くすぐったくて身体をよじる。

「店を出る前からずっと、このドレスの下はなにを着ているんだろうって思っていたんだ。今日が終わったら確かめさせてもらおうって」

「あんな涼しい顔で？　そんなこと考えてたの？」

表情を変えずに今夜のことを考えていたとか、実はむっつりスケベなのでは。

「俺もただの男だから仕方ない。君が傍にいるだけで欲情する」

「……っ！」

相変わらず直球すぎて返答に困る。どんな顔をしたらいいのかわからない。

「や、やっぱりシャワーを浴びてからの方が……」

「待てない」

「ン……ッ！」

首筋に顔を埋められて、がぶりと甘噛みされた。そのまま彼の手が私の肌を滑っていく。

胸元にチリッとした痛みを感じた。日焼けを知らない肌に赤い華が咲いた。

「本当はこの谷間だって見せたくなかったんだが、ドレスの美しさを優先させた。ずっとショールで隠していたと思いたい」

谷間と言っても、そこまで襟ぐりは深くないんだけど。

「うん、多分」

「してないんだな」

しばらく襟ぐりが空いた服を着させないとでも言いたげに、彼は執拗《しつよう》にマーキングした。心配しなくてもそんな服は持っていないのだけど、その嫉妬深さと独占欲が心地いい。

「あ……晴……っ」

胸の頂を口に咥《くわ》えられて、反対の胸を弄られる。

硬く芯を持ったそこはあっという間に淫らな果実になった。

「ん、あぁ……っ」

ちゅぱちゅぱと響く唾液音がいやらしくて、彼がそんな風に私の胸を気に入っていることも現実味がない。そんなに舐めても味なんてしないのに、舐めて吸われて時折甘く噛まれるだけで下腹部がずくりと疼きだした。

「いつの間にこんなに濡らしてたんだ？」

最後の砦《とりで》をクイッと指で下ろされる。濡れた下着は蜜を含んで重くなっていそう。

「だって、フェロモンが濃すぎて……」

もう呼吸をするだけで酩酊《めいてい》状態に陥りそう。こんな経験今までしたこともなくて、そもそもセックスが久しぶりすぎる。

彼は私に見せつけるようにゆっくりと下着をつま先から抜いた。まるで羞恥心を煽るみたいだ。

下着が床に落ちると、もはや身に着けているのはストッキングしかない。太もものゴムで留まっているだけで、ガーターベルトまでは着用していないけれど。これはなかなかに間抜けな恰好ではないか。

彼の視線から逃れたいのに、気分はまな板の上の魚だ。うっとりと微笑んだ顔から目を逸らせない。

「ストッキングを着けたままとなし、どっちがいい？」

「ひゃあ……！」

片脚をグイッと持ちあげて、私の膝に頬ずりをした。

あらぬところが見えてしまう羞恥心と、ストッキング越しに頬ずりをする美形という絵面に戸惑いが隠せない。

「ぬ、脱がせて……」

「うーん、これは後でにしよう」

じゃあなんで訊いたの！　と言うよりも早く、玖条さんは私のふくらはぎを甘く噛んだ。

「んん……ッ！」

じんわりと唾液がストッキングに浸透する。一日穿《は》いたものに口づけられるのは、さすがに私も無視できない。

「それも汚いから……！」

「つま先にはしない。でも、君の身体はどこもおいしそうだ」

彼はそのまま膝小僧にキスを落とし、ガーターストッキングの境目を舐めた。

ぞわぞわした震えが背筋を駆けていく。

「ん、あぁ……ッ」

「ほんと、君の声だけで達しそう」

余裕があるふりをしているだけで、彼も十分追い込まれていたらしい。うっすらと額に汗がにじんでいる。

窮屈そうに盛り上がる下半身のふくらみは暴発寸前だろう。先ほどからずっと我慢をしているのだから。

「あの、それ……ファスナーは下ろせるの？」

「ん？　ああ、頑張れば」

苦笑めいた顔もセクシーで可愛い……胸の奥がきゅんと高鳴った。

やっぱり私はとっくに玖条さんに落ちていたようだ。どんな表情を見てもトキメキに変換されてしまう。

彼は「そんなに見つめられると照れる」と呟きながら、ベルトに手をかけた。ようやく下半身を解放する気になったらしい。

しゅるりとベルトが外されて床に落ちた。ボタンを外し、少しずつファスナーを下ろしていく。勢いよく解放された雄の象徴は臍《へそ》につきそうなほど反り上がっていて雄々しい。そして綺麗な顔に似合わぬほどの凶悪さだ。

「え、ええ……大きい……」

「それは褒め言葉として受け取っていいのかな」

大きければいいというものではない。身体の相性というのはジャストフィットが好ましいから。でも先ほどの発言はちょっとデリカシーに欠けていたかもと反省した。明らかに比較対象なんてひとりしかいないから。

「その、今のは純粋な感想というか、いや本当ならこんなことも言うべきではないと思うんだけど、つい本音が……」

「そうか、つい出ちゃっただけなんだな。まあ俺は気にしないけど、君に嫌がられなければなんでも」

頬にキスを落とされる。

なんとなく気づいていたけれど、玖条さんはキス魔だ。

「ひばりを気持ちよくできるならなんでもいい」と囁かれて、身体の体温がさらに上昇した。

「私も……晴臣を気持ちよくできるなら……」

初《しょ》っ端《ぱな》から拙いテクニックを披露することはないと思うけど、彼の要望にはできるだけ応えたい。早くひとつになりたい気持ちを込めて、彼の唇にキスをした。触れるだけのキスでも甘く痺れるような心地になった。

「本当に、余裕なんて消してくれる……長年の恋が成就する瞬間を何度夢に見たことか」

そっと割れ目に触れられた。自分でも恥ずかしくなるほど濡れたそこは、すんなりと彼の指を飲み込んでいく。

夢に見るほど私を求めてくれていたのだろうか。そんな風に強く想ってくれた相手と結ばれるなんて、私にとっても夢みたい。

しばらくご無沙汰だったというのに、私の身体はすっかり快楽を拾ってとろとろに蕩けていた。少々圧迫感はあったが、三本の指を飲み込んでも痛みはない。

彼はどこからともなく取り出した避妊具を装着させて、私に覆いかぶさった。私の片脚を肘にかけて、泥濘《ぬかるみ》に照準を合わせる。

「もし苦しかったら教えて」

「ん……」

ズズ、と熱い杭《くい》が穿《うが》たれた。

これまで感じたことがないほどの質量に驚くけれど、隙間もないほど中を埋め尽くされるのが心地いい。

「ひゃあ……んっ、アァ」

ひと際感じる場所を何度も擦られて、言葉にならない嬌声《きょうせい》が漏れる。

慣れない圧迫感が苦しいけれど、お腹の奥まで満たされてうれしさがこみ上げた。

「は……る」

「ん……奥まで入った」

繋がれた喜びに心が震える。自然と愛しさが溢れて、目尻から涙が零れた。

「苦しい？」と問われて顔を左右に振った。

「愛しくてうれしい」

全身で気持ちを伝えたくて、ギュッと抱き着いた。素肌から伝わる体温も心地いい。

「好き……大好き」

「ッ！　うれしいけど、そんな風に煽られたら……」

ドクン、と中の欲望が震えた気がした。なにやら圧迫感が増している。

「ごめん、もう限界。一度出させて」

ぐちゅん、と奥を穿たれて、目の前に火花が散った。

激しく律動が開始されて、断続的な嬌声が零れる。

「あ、あっ、ン……アァ」

「はあ、ひばり……ッ」

グッ、グ……ッ、と奥に押し付けられた直後、彼は素早く自身を引き抜いて膜越しに精を出した。

その瞬間も凄絶なまでにセクシーで、私の胸キュンも暴発寸前である。

眉根を寄せて解放する表情が可愛くて愛おしくて色っぽい。

こんな顔を拝めるなんて……恋心のブレーキが壊れた自分の変化が少々恐ろしい。

手早くゴムを処理すると、彼はなにかを手に取った。それは新たなゴムだった。

「え……？　今ので終わりでは」

「まさか。これからが本番だが」

今のは前菜で、メインディッシュはここからとでも言いたげな顔だった。一度出させてという意味を理解した。

「でも、ほら、無理はしない方が……」

先ほどチラリとしか見えなかったけど、吐き出した精液は結構な量だった。渾身《こんしん》の一発というものではないのか。

「無理？　まったくしていないが」

なにやら晴れやかな笑顔でゴムの封を切っている。そして萎えたはずの彼の分身は、いつの間にか天を向いていた。

「なんで……？」

「なんでと言われても。好きな子とするんだから、一度で終わるはずがないだろう？」

それは十代の若い子ならまだしも、あなた三十代ですよね？　三十代の男性ってまだまだ元気なんだ!?

ふたたび身体を押し倒されて、泥濘に屹立《きつりつ》を埋められた。喪失感なんて感じる余裕もなかったほど二回戦開始が早い。

「ずっとこうして嵌めていたら、すぐに俺の形を覚えるかな」

下腹をまさぐる手つきがいやらしい。そんな風に撫でられたら、お腹の奥がキュンと感じて締め付けてしまう。

「ン……ッ」

「撫でられるのが好きなのか？」

「そんなの、わかんない……」

「ひばりは身体も素直で愛らしい。もっと俺が知らない君を見せて」

腕を引っ張られて身体を起こされた。彼の上にまたがる状態で繋がっている。

「こうすると抱き着きやすいしキスもしやすい」

繋がったまま抱きしめられて、キスをされた。互いの体温を深く求めるほどのキスに身体の奥まで震えそう。

背中から腰をゆっくり撫でられる。お尻の丸みに触れられると、なんだかぞわぞわとした震えが走った。

全身で繋がっている。あますところなく身体が満たされていて、心もどうにかなってしまいそう。

「ん……ぅ」

チュッと、リップ音を奏でた後、唇が離れた。たった今までキスをされていたのに、離れた瞬間からもう口が寂しい。

「とろりと蕩けた顔もたまらなく可愛い」

「晴君もかっこよくて可愛い……」

きっと彼を狙う女性は私が思っている以上に多そうだ。うかうかしていたら、誰か他の女性と既成事実を作られてしまうんじゃ……。

情事の最中にそんなことを考えるなんてと思いつつも、一抹の不安がよぎる。どうやら私は考えていた以上に、浮気をされて裏切られたことに傷ついていたようだ。

「どうしよう、気持ちが加速して怖いくらい」

「俺のことをそんなに求めてくれるのか……夢みたいだ」

ギュッと抱き着くと、抱きしめ返してくれる。求めたものが返ってくる安心感を何度も味わった。きっと多幸感というのは今のような状態のことなのだろう。優しさと充足感が満ち足りていて、身体も心もぽかぽかしている。

玖条さんの引き締まった肌に触れる。肩も腕も男性らしく骨ばっていて逞《たくま》しい。喉仏と鎖骨の陰影がセクシーで、思わずかぶりつきたくなる。

「……ッ」

欲望のまま、かぷりと鎖骨に歯を立ててキツく吸い付いた。独占欲があるのは彼だけではないのだ。

「仕返し」と囁いて、赤い華を咲かせていく。ある意味浮気防止かもしれない。

ぺろぺろと欝血《うっけつ》痕を舐めていると、呼吸がやや荒くなった玖条さんに身体を押し倒された。

「え？」

「しばらく露出の高い服は着られなくしようか」

「え……私はもう十分で……ちょっと、待った！」

「無理」

首筋、鎖骨、デコルテと、先ほどよりもたくさん肌に吸い付かれた。これ以上されたら皮膚病を疑いそうだ。

「はあ、こんなに所有印をつけてもまだ足りない」

「シン……、アァッ」

ぐちゅん！　と下肢から水音が響く。先ほどまでのゆるゆるとした動きから、律動が激しさを増した。

「ずっと俺の目の届く範囲にいてほしい。無防備に出歩いていたら、いつか攫われてしまう」

「そんなことは……それは惚れた欲目というやつだからぁ……！」

別に私は一目惚れをされるような美女ではない。どこにでもいるような普通の一般女性だ。

胸の頂を指先で転がされながら、なんとか言葉を紡ぐ。

「はぁ……、私より、晴君こそ」

「俺がなに？」

「強硬手段を取ろうとする女性から気を付けてもらわないと、私も気が気じゃない……！」

そういえば昔、母が父と結婚した理由を話してくれたことがあった。

『平均的で普通だったからちょうどいいと思って』と言われたときは首を傾げたものだけど、大人になるにつれてその理由に納得した。

顔がかっこよすぎる旦那は浮気や女性の影がちらついて大変だから、そこそこレベルが心配事も少なくてぴったりということらしい。

まあまあ顔のよかった圭太ですら肉食系女子に狙われるのだから、玖条さんなんか私には太刀打ちできない相手から狙われそう。

それにライバルが女性とも限らない。

「美女に迫られるのも嫌だけど、イケメンがライバルになるのも嫌だからね？」

「どういう心配事？　絶対ないから」

ぎゅうっと抱きしめられて、私もきつく抱きしめ返す。

「架空のライバルに嫉妬されるのも悪くないけど、俺が言ったことを忘れてるんだろうな」

「……なんだっけ？」

「俺はひばりにしか欲情しないと言っただろう」

……それはリップサービス的なものだったのでは？

恋人がいたことだってあるだろうし、むしろいない方がおかしい。

「それっていつから……」

「ほら、もうお喋りはなしだ」

「ちょ、きゃあ！　や、これ、恥ずかしい……！」

腰を持ちあげられて繋がっている箇所を見せられる。

こんな風に彼の雄を飲み込んでいる姿を直視させられて、羞恥でどうにかなってしまいそうだ。

「目を逸らしたらダメだよ、ひばりちゃん。君が誰に抱かれているのか、ちゃんと目に焼き付けないと」

「ん、ンンぅ……ッ、あぁ……ッ！」

頭がクラクラしてくる。濃密なフェロモンが濃すぎて、思考がうまく働かない。

片脚を大きく開脚させたまま激しく腰を穿ち、そのたびに全身が玖条さん一色に染まってしまいそう。

「ダメ、なん、か……きちゃう……」

弱いところを刺激されたら、ぞわぞわしたなにかがこみ上げてきそう。胎内にこもった熱が出口を求めている。

「ああ、我慢しなくていい」

そう呟いた直後、彼は花芽をグリッと刺激した。

「あぁ――ッ！」

「……ッ」

身体の熱が弾けたのと同時に彼の精が放たれた。

震える身体を抱きしめたのはどちらが先だっただろう。自然と指が絡み合い、シーツに縫い付けられていた。

「ひばり……」

とびっきり甘い声で名前を呼ばれる。

そんな些細《ささい》なことだけで心が震えるなんて、はじめて知った。

中に埋まっている楔《くさび》を失いたくなくて本能的に締め付けると、玖条さんは困ったように眉毛を下げる。

「こら、そんな悪戯をしたら困るのはひばりだぞ」

それはそう。だけど共有していた熱が離れていってほしくない。

身体はくたくたなのに、もっと繋がっていたいと思ってしまうのは何故なのか。

手早く避妊具を処理する後ろ姿をぼんやり見つめる。

怠《だる》い身体を起こして、彼の背中に抱き着いた。

「っ！　どうした？」

「ん〜ん、背中が寂しそうだったから温めてあげようと思って」

「それはありがとう。でも背中に胸を押し付けられたらある意味生殺しなんだが」

正面から抱っこしたいと言う彼のおねだりを突っぱねて、私はしばらく欲望のまま晴臣の広い背中を堪能した。

# 第五章

早々に梅雨が明けて、季節はあっという間に夏に変わった。日差しが強まり、毎日の日焼け止めと日傘が欠かせない。

修羅場になるかと思った結婚式から早二週間が経過した。

幸い、踏み倒されるかと思った慰謝料の三十万はきちんと入金されていた。これで圭太と関わることもなく、ひとまず安心だ。正直お金の問題ではないけれど、区切りにはなったと思う。

プライベートが充実していると仕事のモチベーションも上がる。いい恋愛というのは仕事のパフォーマンスにも影響するのをはじめて知った。

晴臣との結婚式まで残り一か月ちょっと。私の希望を汲んで、ほとんど彼が進めてくれていたので、驚くほど私の負担が少ない。

ふたりで決めることももちろん多いが、予算に上限がないとこれほどまでにスムーズなのかと実感しているところだ。逆に私が不要なものを削除する役目を負っている。

今回は場所が都内ではないので、身内のみを呼ぶことにした。

友人たちには一度キャンセルした後にふたたび招待するのも気が引けるのと、これまでの経緯を根掘り葉掘り訊かれるのも困るので。そのうち時機を見て、レストランを貸し切ったパーティーをするのもいいかもしれないと思っている。

毎週末になると予定がぎっしり詰まっているので忙しいけれど、その疲労感さえ心地いい。充足感というのはこういうものを言うのかもしれない。

ちなみにうちの両親への挨拶は想像以上にスムーズだった。

まず顔と人当たりがよくて、玖条家という名家の子息が待ち合わせのレストランに現れたものだから、母と祖母が腰を抜かしそうになった。

しかも子供の頃に同じ結婚式で出会っていて、結婚式ごっこをしていた相手で、圭太に振られて傷心中に思い出の場所で再会したなんてドラマを聞かされたら、女性陣はコロッと落ちてしまう。

『まあ、まあ、まあ〜!』とはしゃぐ母と祖母を横目に、父だけが渋い顔をしていたが。

『お父さんはちょっと急ぎすぎだと思う。もう少し慎重になった方が』と、至極真っ当なことを言っていた。本当に、出会って三か月後に結婚式を挙げるというのはあまり聞かない。

だが慎重派な父は母たちに一蹴されしまった。

結婚したいと思うときにしないと、永遠にしないものよ！　と。

それは人によるけれど、確かにタイミングというのはあると思う。

そんなこんなで、無事に家族から結婚の許しを得られてよかった。

そして次の週末は玖条家に挨拶に行くことになった。もう順序がめちゃくちゃすぎて笑ってしまう。

晴臣のご両親の心証はいかがなものか。彼は気にしなくていいと言っていたけれど、果たしてどこまで信じていいのかな……。

お昼時間に家族受けする手土産を検索する。好きな銘菓があればいいのだけど、それも特にないと言われれば今流行りのスイーツを持って行くとか……。

「さすがに手ぶらってわけにもいかないしね」

第一印象は大事だ。好きな人の家族から嫌われたくはない。

「……こんな感情がまだ残っていたなんて」

なんだか感慨深いものがある。

浮気をされても懲りずに恋ができて、気持ちが返ってくるなんて奇跡では?

私は一体前世でどんな徳を積んだのだろう。あのまま結婚しなくて本当によかったとしか思えない。むしろ瀬尾さんありがとう！　と感謝の気持ちでいっぱいだ。

『神社仏閣に行かなくても、悪縁を絶って良縁が結ばれることもあるんだね～幸せすぎて怖い！』

恥ずかしい独り言を投稿する。このくらいの惚気《のろけ》は許してほしい。

今が幸せのピークだとは思いたくないけれど、できる限りこの感情を継続していきたい。

【夕日：よかった！　元カレと吹っ切れて】

【クロタン：ずっと気持ちが引きずられるようだったら縁切り神社でも紹介しようかと思ってたよ】

縁切り神社はちょっと怖い。興味はあるけれど、好奇心で行くべきところではないから。

フォロワーの優しさには一体何度励まされたことか。今度仲のいい人たち同士をカフェに誘って直接感謝を述べたい。

心配事は杞憂《きゆう》に終わってよかったと返信し、午後の仕事も順調にこなしていく。

「志葉崎さん、ごめん！　子供が熱を出して保育園にお迎えに行くことになっちゃって、フォローお願いしていい？」

「はい、大丈夫です。なにか遅延の連絡が来たら納品日を調整しておきますね」

「ありがとう！　助かるわ。急ぎ品はエクセルにまとめてあるから。なにか緊急の確認があったら電話して」

同僚の後ろ姿を見送る。働くお母さんは大変だ。

うちはフレックス制なので、早上がりをしても一か月の勤務時間を満たしていれば問題ない。その辺の融通のよさは働きやすいと思う。

まだこの世に生を受けて一、二年のお子さんなんて、いろんなものへの免疫を作るのに大変だよね……都会の汚い空気に順応しないといけないんだから、熱が出るのも仕方ない。

それにもし私が妊娠してワーキングマザーになったら、同じような経験をするのだろう。自分が妊娠するなんて想像もできないけれど……晴臣もいつかは子供がほしいと思うのかな。

結婚後も仕事を続けるつもりなので、現状維持なら生活が劇的に変化することはない。

仕事は大変なことも多いけれど、できるだけ社会とは繋がっていたい。職があれば離婚をすることになっても一安心……。

「ねえ、佐鳥《さとり》君。私生活においてもリスクヘッジって大事だよね？」

「は？　当たり前じゃないっすか」

思わず隣のデスクの佐鳥に同意を求めてしまった。一個下の後輩で、とても現実主義者である。妙に説得力があるので時折意見を聞くのだけど、私のざっくりした質問にも当然のように返事をくれた。

そうだよね。ちゃんと仕事は続けよう。でもプライベートも大事だから、できれば管理職は避けたいかもしれない。

そして夫婦になるなら将来についても話し合わないと。

今のところ生活費の負担はゼロで、それに甘えていいものなのかと……。結婚式も全部晴臣が負担すると言ったけど、せめて一割くらいは出させてほしい。

家事もほとんど外注となると、私にできることって限られてくる。外注の頻度を減らす方向で話し合ってみよう。

今日は緊急の仕事も入ってこなかったので、予定通りに自分の仕事を終わらせた。同僚から頼まれたフォローの件で連絡が入らないかと三十分ほど待ってみたけれど、問題なさそうなのでパソコンを閉じた。

パソコンをデスクの引き出しに仕舞《しま》い、帰り支度を済ませる。

今夜の夕飯はなににしよう。冷蔵庫に豚肉があったので、豚の生姜《しょうが》焼きを作ろうか。付け合わせはキャベツの千切りと、お味噌汁は大根とわかめか、なめこと豆腐もいいかも。

「明日のお弁当に余らなかったら……あ、冷凍つくねがあったわ」

国産のブランド鶏のつくねをお取り寄せしていた。一緒に親子丼のセットも。冷凍のお取り寄せ品は使い勝手がよくて便利だ。一品足りないときに助かる。

そんなことを考えながらオフィスを出た直後。誰かに腕をグイッと引っ張られた。

「きゃ……っ!?」

「お前、今どこ住んでんだよ」

聞き慣れた声に身体が竦《すく》む。

「な……、なんであんたがここに」

もう二度と会うことはないと思っていた圭太が目の前にいた。

腕は解放されたけれど、待ち伏せをするなんて怖すぎる。既婚者が元カノに会いに来るってホラーでは？

「ちょうどこのビルの会社に用があったんだ。で、ひばりの会社も同じビルに入ってたと思い出した」

だから待っていたと言われ、夏なのに鳥肌が立った。

人目があるため変なことはしないと思うけど、この状況は不穏でしかない。

「あ、そう。もう関係ないから」

駅の方面へ進むが、後ろから圭太も追ってくる。

「話があんだけど」

「私にはありません。お引き取りください」

冷たく言い放っても何故か圭太はついてくる。一方的な会話をされて応えなかったら痴話喧嘩と思われそう……ものすごく嫌なんですが。

「ついてこないでくれる？　迷惑なんだけど」

「お前がメールも電話も出ないからだろう」

どこの世界に浮気した男の連絡先をずっと保管する女性がいるの？　慰謝料の入金が確認できた

と同時に連絡先は削除したし、チャットアプリもブロック済みだ。

タイミング悪く交差点が赤信号になってしまった。

一方的な会話を人通りが多いところでされたら、どこで誰に聞かれるかわかったものじゃない。

仕方なく方向転換し、近くの公園へ誘導する。人通りはあるけれど、適度に開けた場所なので盗み聞きもされないだろう。

「私、忙しいんだけど」

「お前どうやってうちの両親に取り入ったわけ？」

圭太から微妙な苛立《いらだ》ちをぶつけられた。苛立っているのは私の方である。

「取り入るって、なにもしてないわよ。ただ普通に挨拶して、常識の範囲内で会話をしただけ」

「ふたりとも、俺の結婚相手がお前じゃなかったことが気に食わないらしい。俺のマンションから引っ越せとか、年内に相続予定だった都内の駐車場も渡さないとか言いだした」

彼が住んでいるタワマンは確かご両親の不動産のひとつでもう相続していたはずだけど、手続きはまだだったのだろうか。

駐車場の話は初耳だ。都内の駐車場を持っていたら不労所得だけで生きられそう。

「で？　そんなの私には関係ないんだけど」

「関係あんだよ。お前からうちの両親を説得してくれよ」

「はあ？」

知らないわよ、アホなの⁉

どう考えてもバカ息子に愛想をつかしたとしか思えない。

きっとご両親的には、今までなにかと資金援助をしてきたけれど、いい加減自分だけの稼ぎで生きろということでは。

普通の会社員と同じステージになっただけで、なにもおかしなことではない。

「そんな義理がどこに？　あなたがご両親に誠心誠意謝罪して、「それだと僕ちゃん生きていけません」って泣きつけばいいだけでしょう」

「泣きついてどうにかなるならはじめからそうしてんだよ」

なんとも恥ずかしい。これが来年三十になる男の発言か。

「私が口を出すことじゃないけれど、父親になるんだったらもっとしっかりしなさいよ。あんたがだらしないからご両親が呆れたんでしょう」

「俺が父親に？　あれは嘘だってよ」

瀬尾さんはつわりの素振りも見せなければ、通院している気配もなかったそう。

さすがに圭太もおかしいと気づいたらしく、彼女に母子手帳を見せろと迫ったとか。

「そんなものはないとゲロりやがった。妊娠なんて最初から嘘で、結婚後に流産したことにして俺とうちの両親を欺くつもりだったそうだ。俺は騙されていたんだよ。ついでにエコー写真は友人から貸してもらったものだと」

私が予想した通りじゃない。何故最初から疑わなかったのか。

「そう。ご愁傷様」

私の助言より彼女の言葉を信じたのだから自業自得だ。それに彼女を選んだのは圭太自身である。

「待てよ、ひばり。俺はまだ紗彩とは籍を入れていない」

「……っ」

続く言葉を想像できてぞわりとした。

籍を入れていないから、なに？　それを私に告げる理由を聞きたくない。

「やっぱりさ、俺は嘘つく女よりもお前みたいな義理堅い女の方がいいと思ったんだよ。飯もうまいし。だからほら、俺たちやり直……」

「それ以上喋ったら警察呼ぶわよ」

スマホを取り出す。こんなことで呼ばれる警察もたまったものじゃないと思うけど、こいつの思考回路は危険だ。

ストーカーにでもなられたら困るし気持ちが悪すぎる！　鳥肌だけじゃなくて吐き気までこみ上げてきそう。

「は？　警察ってなんだよ」

圭太の顔に苛立ちが浮かんだ。

私はすぐにでも走れるように距離を置く。

警察の代わりに晴臣を呼びたい。彼の声が無性に聴きたい。

「おい、ひばり！」

「軽々しく名前を呼ばないで！」

嫌いな男から名前を呼ばれただけで嫌悪感が凄まじい。人通りを目指して駆けだそうとした瞬間、私の目に前に壁ができた。

「私の婚約者になにか？」

「晴……っ！」

なんでここに？

疑問を口に出す前に、サッと背後に庇《かば》われた。圭太の視線から遮ってもらえるだけで、騒がしかった心臓が落ち着いてくる。

「はあ？　婚約者？　あんたなに言ってんだ」

「冗談ではないですよ。私の妻になる女性に付きまとうのはやめていただきたい」

口調は柔らかいけれど、空気は冷えている。彼は今どんな顔をしているのだろう。

「付きまといって、人をストーカー呼ばわりするとか失礼だな。っていうか、ひばり。こんな短期間で婚約者ってなんだよ？　わかった、お前も俺と付き合っていながら浮気してたんだな？　じゃあ慰謝料なんか払う必要もなかったよな！」

「……はあ⁉」

湯沸かし器のように怒りのボルテージが上がった。

「裏切られたのはお前だけじゃない、お互い様ってことだろ！　むしろ俺の方が金は取られるわ、親に勘当されるわで散々だ。どうしてくれんだよ！」

「全部自業自得でしょう⁉」

晴臣の背中から出て文句を言おうとするが、彼の腕が私を制止する。

「どうどう、落ち着いて。はい、深呼吸」

……いや、無理だからそんなの！

「でも……！」

「君が怒る必要はない。そんなのもったいないだろう？」

紳士的な顔で宥《なだ》められた。口調は優しいけれど、彼も不愉快に思っていることが伝わってくる。

確かにここで挑発に乗ったら相手の思《おも》う壺《つぼ》かもしれない。

晴臣に言われた通りに深呼吸を繰り返し、上昇した血圧が下がるように心を落ち着かせた。

「王子様気どりかよ」

「私の王子様になにか⁉」

「ひばりちゃん」

宥めるように名前を呼ばれてもう一度深呼吸するが、なかなか血圧が下がらない。

圭太の失笑混じりの笑い声がなんとも不快だ。人の神経を逆なでする。

私、どうしてこの男と結婚するつもりでいたのだろう？　距離を置けば置くほど、相手の欠点ばかりが目に入る。

楽しかった思い出はあったはずなのに、今はそれすら遠い昔のようで思い出せない。記憶を思い出に昇華することもしたくない。

「あなたのことはある程度調べさせていただきましたよ、柳内圭太さん。私の大事な婚約者と関わりがあった人ですから」

「は？」

圭太の声に不快感が混じった。調べられたらまずいことでもあるのだろうか。

「お勤め先は大手建設会社で営業一課の主任をされていて、奥様は営業事務で専務の姪でしたか。それが今後の人事にどのような影響があるかはわかりませんが、専務の発言権が強いようでしたらそれなりの意味を持つのでしょう」

確かその建設会社は同族経営ではなかったはず。一役員が人事の采配に口を出せるって今時のコンプライアンス的にもどうなんだろう。実力主義より古くからの体制が残っている会社なら未だにありえそう。

「それなりの給与は貰っているはずですが、金銭的にはあまり余裕はないようですね」

家賃払っていないのに？　そういえばお互いの預金残高を見せあっていなかったかもしれない。

大体の貯蓄額は教えあっていたけれど。夫婦になっても財布は別にしようと思っていたから、そこまで把握していなかった。

「なんだよ、あんた。なにが言いたいんだ」

「人の趣味に口を挟むべきではないと思うが……あまり賭け事に手を出さない方がいい。止め時を見失うと借金を背負うことになる」

私が知らないうちに、圭太は競馬とボートレースにのめり込んでいたようだ。どうも取引先の相手に誘われたのがきっかけらしい。

ギャンブル依存症になったら簡単には抜け出せない。最初のきっかけは些細なものでも、掛け金が上がるとその分当たったときのリターンも大きい。

それが徐々に麻薬のような快感に変わったら生活費にまで手を出して、リミットが効かなくなってしまう。

幸い違法賭博にまでは手を出していないようだけど、それも時間の問題かもしれない。さすがに犯罪に片足を突っ込んでいたら寝覚めが悪いにも程がある。

「人のことこそ調べるとか、一体なんなんだよ！　気持ちわりいな！」

「私は一応あなたには感謝しているのですよ。ひばりを振ってくれてありがとう」

今、晴臣がどのような表情をしているのかは見なくてもわかる。極上の笑顔を浮かべて嫌味を言ったのだろう。

本人にとっては心からの感謝だろうが、圭太にしたら皮肉と捉えられそう。

「チッ！」と、私にまで聞こえる舌打ちとともに圭太の足音が遠ざかった。

「思っていた以上に余裕のない男だったな。小切手まで渡そうと思っていたのに」

「え⁉　ダメだよ！」

そんなことをする義理はまったくない。しかも競馬にハマっている男に余計なお金を与えたら一瞬で消えてしまう。

「君を振ってくれてありがとう&もう二度と関わるなという手切れ金のつもりだったんだが」

金額が書かれていない小切手を見せられた。まさか相手の言い値を記入するつもりだったんじゃ……。

「危険だから仕舞って！　強盗にでもあったら大変」

「心配してくれるのか。優しいな」

何故か機嫌のいい晴臣の懐に小切手を仕舞わせた。映画の中でしか見たことがなかったから、実物を見たのははじめてだ。

「それで、俺は君の王子様なんだ？」

「……っ！」

売り言葉に買い言葉は本当にやめたい。こうやってからかいの材料にされてしまう。

「間違いではないでしょう？」

ああ、顔が熱い。背中もじっとりと汗をかいている。

人前で堂々と王子様発言なんて、今時の高校生でもしないだろう。

「俺はあんな風に庇われて感動した。この現場を撮影しておきたかったくらいだ」

「絶対嫌！　……そもそも、なんで晴臣がここに？」

タイミングよく現れるとか本物のヒーローみたい！　なんて思えるほど、私は夢見がちではない。

ここは彼の職場の近くではないはずなのに。

「今日はこの辺に用事があってね。仕事先の帰り道で、ひばりとも会えるかもしれないと思っていたんだけど、偶然君と彼が歩いているのを見かけて車から降りて来た」

「偶然？」

「そう、偶然」

彼の表情に嘘は見当たらないけれど、そんな都合のいい偶然ってあるのだろうか。

でも、助けてくれたのは事実だ。自分ひとりだったらどうなっていたかわからない。

「ありがとう、来てくれて。正直めちゃくちゃ怖かった……」

情報が多すぎてうまく頭の整理もできていない。

結婚式は挙げたけど入籍していないって、その場しのぎの嘘かもしれない。圭太の両親を説得させるために、私を油断させて取り入ろうって魂胆なら納得がいく。

一度裏切られると、相手の言葉に信憑性《しんぴょうせい》がなくなるのだ。一体どこまでが本当で、どこから嘘を言っているのだろう？　と。

そんな風に疑いを持たないといけない相手とは共同生活を送れないし、信頼関係なんて築けるはずがない。瀬尾さんの妊娠についても、圭太が適当にデタラメを言っている可能性だってある。まあ、していなかったと言われても納得するが。

「六年も一緒にいたはずなのに、私はなにを見ていたんだろうね。相手の本質は、簡単には見抜けないのかも」

「誰もが自分の一面しか見せないものだ。彼はある意味、君に甘えていたんだろうな」

甘えられるのは困る。私は母親ではないのだから。

「わかり合いたいって歩み寄る気持ちは大事だけど、完全にわかり合うのは不可能よね」

親子でさえ一〇〇パーセント理解するなんて無理だ。血の繋がりがあっても価値観が違うのが普通で、考え方が似るとも限らない。

それと比べたら、たった数年交際していただけの相手をわかりきったように思う方がおこがましいのかも。

圭太がギャンブルにのめり込む性格というのもはじめて知った。ちょっとお金にだらしないところがあるのはわかっていたけれど、気になるほどではなかった。実家が太いとそんなものかと納得していたのだ。

やっぱり、一緒に生きるならきちんとわかり合える相手がいい。

その場しのぎの嘘をつかず、相手を騙すこともせず。誠実で正直な人がいい。

「晴臣は私に嘘をつかないでくれる？　隠し事はしていてもいいから、嘘はついてほしくない」

それは当然ながら私にも言える。

相手の心がほしいなら、まずは自分が誠実であるべきだ。私も彼の心を望むなら、できる限り正直でありたい。

「俺はいつだってひばりに嘘はつかないと約束する」

「……ありがとう。もちろん私も約束する」

理想の夫婦になるのは簡単ではないけれど、一番に信頼できる関係でありたい。

そっと手を握られた。初夏なのに、私の手は冷え切っていたみたいだ。

晴臣は長く息を吐いた。

「本当は、〝私の妻になにか？〟って言えたらよかった」

婚約者では物足りたい。そんな彼の本音を聞いて、私の中で覚悟が決まった。

「わかった。出しに行こう！　婚姻届」

「え？」

私の部屋に保管している婚姻届は未だに額縁に入って飾られている。

最近ではいつまでインテリアの一部にしておくんだろう？　と考えていた。

「でも先に晴臣のご両親に挨拶しないとね。明後日ご挨拶した帰りに、区役所に出しに行こう」

「俺はうれしいけど、そんなあっさり決めていいの？　ほら、縁起のいい日に入籍したいとか、そういうこだわりもあるだろう？」

「ううん、特には。だって、いい夫婦の日は十一月でまだまだ先で待てないし。でも明後日はちょうど七夕じゃない？　覚えやすくていいと思う」

七月七日。一年に一度だけ、織姫と彦星《ひこぼし》が逢瀬《おうせ》を楽しむ日。

ゾロ目で覚えやすくて、絶対に忘れない日になりそう。

だが晴臣の顔は少々渋い。

「一年に一度しか会えない夫婦の日に入籍は縁起悪くないか」

「まさか自分たちもそうなったら嫌って思ってる？　まあ、確かに契約結婚だったら別居婚もいいなって思っていたけど」

「却下。それは絶対認めない」

思っていたという過去形なのに、彼は案外寂《さみ》しがり屋《や》だ。

「私も嫌だよ。もし晴臣が海外に転勤することになっても一緒についていくからね」

できるだけ食べ物がおいしい国でお願いします。

胃腸は丈夫なので大抵のものは食べられる。

「ありがとう。そうなる可能性があったら相談する」

自分で決める前に相談してくれる。そんな些細なことも信頼の証《あかし》に思えて、胸の奥が温かくなった。

# 第六章

『入籍日決めました！　七夕の日に彼のご両親に挨拶してから、区役所に婚姻届を提出してくるね』

いつものアカウントに報告すると、すぐにいいねがついた。

【夕日：おおーついに！　おめでとう！】

【クロタン：婚約者のご両親に挨拶、めっちゃ緊張すると思うけど頑張って！】

【Rumi.：入籍おめでとうございます！　ご挨拶も気負わず楽しんできてくださいね】

『ありがとうございます！』とひとりずつに返事をする。こんな風に晴れやかな気持ちでここまで漕《こ》ぎつけたのも、陰ながら応援してくれた皆さんのおかげだ。

【Rumi.：ちなみに婚約指輪は購入されたんですか？】

実はまだだ。というか、私自身があまり指輪をつけないので、結婚指輪があれば十分かなと思っている。

『なくていいかなって思ってるんだけど、彼からの反応は微妙だったんだよね。選びたかったのかな？』

【Rumi.：せっかくの機会なので指輪はいただいておきましょう。思い出にもなるし、ふたりで選んだらいいかと】

オススメのブランドをいくつか教えられた。リンクを貼ってくれるなんて、相変わらず親切なお姉さんである。

気に入ったカラーストーンのルースを購入して、オーダーメイドにできるブランドもあるみたい。そういう手もあるのかと勉強になった。

『すっごく可愛い。見ているとほしくなってくるね、ありがとう』とお礼を送る。もしもう一度晴臣から婚約指輪の話題が出たら、遠慮なくこのサイトを見せてみよう。

そしてその日のうちに晴臣から「やっぱりちゃんと指輪を選びに行こう」と誘われてしまった。なんともタイミングがいい。

「晴臣ってたまにエスパーみたいなところがあるよね」

「ん？　なにそれ？」

一緒に暮らしていたら思考回路も似てくるのかもしれない。

「ネットで気になったものを見に行こうか。土曜日の午前中が空いてるね」

「午後からご両親に挨拶しに行くけど、その前に？」

ゆっくり支度ができると思ったけれど、晴臣の行動力は早かった。ご実家に行く前にジュエリーショップに行くことが決定してしまった。

「予算に糸目はつけないから、君が気に入ったものを選ぼう」

「怖い！」

そう反射的に叫んでしまったのは仕方ないと思う。

◆◆◆

七月七日は、予定通り婚約指輪を見に行くことから始まった。

晴臣のご両親への手土産は彼がささっと用意して、残り二時間ほど買い物に費やせることになった。

最初に連れて行かれたのは海外の一流ジュエリーショップ。名前だけは知っているが、私には縁がないと思っていたところだった。

「無理無理、ここで買うとか怖すぎる」

「なにも怖がることなんてないよ？」

堂々とした背中が頼もしいけれど、私には場違いだ。

事前にネットでチラッと見たけれど、指輪に三百万とか庶民には考えられない世界である。ゼロが一個多い！

店内をぐるりと一周し、早々に晴臣を店の外へ連れ出した。主張の激しいダイヤモンドは私の手には贅沢すぎる。

「もっと普段使いができるような指輪がいいので！」

「なるほど。普段使いもできる指輪ね」

……一文字違いで大違いな気がするのは気のせいだろうか。

他のジュエリーショップに入り、日常使いがしやすそうな指輪に目が留まった。

K18のイエローゴールドで、長方形のエメラルドカットがされたダイヤモンドはシンプルながらも上品だ。プラチナもあるけれど、このデザインはイエローゴールドが可愛い。

しかも値段は私でも支払えるお手頃価格。先ほど見ていた指輪の十分の一以下である。

「これはどうかな。一番人気だって」

「シンプルで可愛らしい。サイズがあるか聞いてみよう」

店員さんにいくつか違うサイズを見せてもらう。その中からしっくりきたサイズを選んだ。

「うん、すごく可愛い。人気というのも納得」

婚約指輪のダイヤモンドは一粒石のソリティアのイメージが強かったけれど、エメラルドカットというのも上品で素敵だ。主張が激しくないので、会社にもつけていけそう。

「これはオーダー品になりますか？」

「お客様のサイズは在庫がありますので、本日お持ち帰りいただけます」

へえ、そうなんだ。と思っている間に、晴臣は購入を決めていた。

「え？　もう買うの？」

「だって気に入ったんでしょう？　普段使いしやすそうな指輪で、ひばりの手にも似合っている」

「うん、そうだけど……いいの？　ありがとう」

しかもこのままつけていくので、箱だけ貰うことになった。二桁万円する指輪を迷わず購入できるって、スピード感についていけない。

店員さんに見送られて店を後にする。薬指には買ったばかりの指輪がキラリと光っていた。

「次は普段使いじゃない指輪を買おうか」

「は？　え？　今買ってもらったのは？」

「それは毎日使える用に。このくらいなら会社にもつけていけるでしょう？」

私が考えていたのと同じように返された。派手すぎない指輪は使いやすいけれど、まさかもう一個購入する予定ですか？

「私はこれ一個で十分だよ？」

「ひばりがよくても俺は不十分」

一体いくらの予算を考えているのだろう……怖くて聞けない。

「婚約指輪は俺の自己満足だと思って受け取ってほしい」と言われたが、これは私が折れるべきなのか。

結局、次は晴臣が選んだ指輪を受け取ることになった。婚約指輪の予告とは斬新である。

金銭感覚のすり合わせが必要だと思いながら、私の方で「上限金額は百万までお願いします……」と告げるのだった。

時間通りに買い物を終えて、晴臣の実家へ向かうことになった。

好きな人のご両親に結婚の挨拶をするのはいつだって緊張する。

いくら気楽にしていていいと言われても、家族になる人たちなのだ。

好印象を抱かれたいし、結婚前から「うちの息子に相応しくない」と言われたら、胃がキリキリしそう。

一応外見だけでも清楚《せいそ》に見えるワンピースを着て、髪はハーフアップにまとめた。たまにしかしないネイルは薄いピンク色で統一している。

他になにか気を付けることがあるかと再三訊いたけれど、晴臣からは根拠のない「大丈夫」だけが返ってきた。

具体的なアドバイスを聞けないと不安になるのだけど。男性ってやたら大丈夫と言うのは何故なのか。なにをどうしたら大丈夫になるのかが知りたい。

「今回は顔を見せるだけで十分だから。彼らは本当にひばりを連れてくるのかを知りたいだけだろう」

「まるで私が実在するか確認したいように聞こえるんだけど？」

一体晴臣はご両親とどのような関係なんだろう。息子の結婚も半信半疑という状況が謎すぎる。

車で向かった玖条邸は想像以上に立派だった。三階建ての洋館は文化遺産とかに登録されていても不思議ではない。

「ここ、なんとか伯爵邸の跡地とかじゃなくて？　え、これが実家？」

「曾祖父《そうそふ》の代から住んでいるから古いだけだ。まあ、中はリノベもしているし、かなり修繕もしているけど」

ゲートのある敷地に入ってから正面玄関に到着するまで、タクシーのメーターが上がりそうなくらいの距離がある。すでに私の心臓が落ち着かない。

綺麗に手入れがされたイングリッシュガーデンはお母様の趣味らしい。

「晴臣が留学をする前からイギリスには縁があったの？」

「そうだな。父も弟もイギリスの大学を出ているから」

紳士教育は代々受け継がれてきたそうだ。

「でも中学から留学で寄宿学校に通ってたんだよね。大学からでもよかったんじゃ」

「早めに行ったのは自分の意志。紳士の国で本物になれないかと思って」

「その心は？」

「もちろんいつかひばりを迎えに行くために」

紳士的な振る舞いは様になっているけれど、この人は私が関わるとどうも少しおかしい気がする。今のも冗談なのか本気なのか判断がつかない……本気だったらどうしよう。

住み込みで働いているお手伝いさんに応接室に案内された。家にお手伝いさんがいるって、やはり私には想像がつかない世界である。

インテリアもアンティーク調で趣があり、なんだかレトロ喫茶に入ったような気分だ。今にもレコードの音楽が流れてきて、可愛らしいクリームソーダまで出てきそう。

でもひとつ気になるものがある。窓際に飾られている大きな笹《ささ》だ。

「あれは一体……？」

短冊までかけられているのだけど、もしかして願い事でも書かれていたりして。

「ああ、七夕だから用意したんだろうな。見てみよう」

「え、いいの？」

勝手にひと様の願い事を見るものではないと思いつつ、野次馬精神で晴臣の後に続いた。

きっと家族の健康と安全を願うようなことが書かれているのだろう。

微笑ましい気持ちで一番手前にあった短冊をひっくり返し、私はしばし固まった。

『晴臣のお嫁さんが実在していますように』

『晴臣の結婚が妄想ではありませんように』

『晴臣の結婚相手が相思相愛の関係でありますように』

……どうしよう。短冊をひっくり返す手が止まらない。

思わず隣で平然としているご本人を見上げる。

「えーと、晴臣さん？　なにか弁明は」

「ほら、大丈夫だと言っただろう？」

まったく安心できませんが？　むしろ不安が増したよ！

「息子が罪を犯していないように短冊に書くってどういう親心？　どういう心境？」

「軽い嫌がらせだと思うな。これ、撤去できたのにあえてしなかったんだろう」

むしろこの部屋に移動させた疑惑まであると言いだした。確かに洋室に笹の組み合わせはミスマッチである。

それにしても親の愛が凄まじい。

『ひばりさんが晴臣に愛……好意を抱いてくれていますように』という短冊は、わざわざ愛を二重線で消して書き直している。

愛から好意へランクダウンしたのは欲張りすぎたと思ったからか。

まだ数枚残っているけれど、私は短冊を確認する手を止めた。

こんな風に思われるほど、彼は一体なにをしてきたのだろう。なんだか知らなくていい余計な扉を開けてしまった気分だ。

「晴臣はきちんと親孝行をした方がいいと思う」

「子供が健康で生きているだけで親孝行をしていると思うよ。でもまあ、今日がその日になるだろうな。ひばりと結婚の報告が一番うれしいはずだ」

ここに来る前までは否定もできたが、今はもうなにも言えない。

ソファに座った直後、玖条夫妻がやって来た。

「すまないね、お待たせして」

「はじめまして。志葉崎ひばりと申します」

晴臣の両親に食い入るように見つめられる。

おふたりは上品で実年齢より若々しく見えるけど、そんなにまじまじと見られると緊張するのですが。

「生きてるわ」

「ああ、ＡＩでも写真でもない」

「本物のひばりさんだわ」

「本当だ。晴臣の妄想じゃなかったようだ」

やっぱり短冊の願い事は本当に彼のご両親が書いたものだった。私はこの後どんな顔をしたらいいの。

とりあえず笑っておこう。

「父さん、母さん。ひばりが驚いている」

「ああ、ごめんなさいね！　さあ、お掛けになって」

「ひばりさん、紅茶は好きかな？　若い女性に人気だというクッキーとフルーツのタルトを用意しているんだ。和菓子なら水ようかんと、あと塩気が利いた豆大福も」

「外は暑いものね。まずは冷たいさっぱりした飲み物がいいんじゃないかしら」

目をぱちくりさせている間にメニュー表を渡された。

私、お宅訪問をして喫茶店のようにメニューを渡されたのははじめてだわ……。

「ありがとうございます。メニューがあるなんて斬新ですね」

「うん、好きなのをどうぞ」

晴臣はまったく驚いた様子がない。実はここ、彼の実家ではなくて隣接している喫茶店だと言われた方が納得できる。

「では……アイスティーをお願いします」

「俺も同じものを。あと、このチーズケーキも気に入ると思うよ。作り立てのクレープシュゼットも」

「作り立て？　もしかしてこれ全部手作り……」

「ええ、今出張パティシエに来ていただいているの」

お母様に笑顔で明かされた。パティシエって出張で来てくれるんだ……？

でも確かに、出張で寿司《すし》職人やフレンチのシェフが来てくれるサービスってあるから、パティシエもいてもおかしくはない。

突然始まったお茶会に戸惑いと動揺が隠せずにいると、玖条さんのご両親から感謝を述べられた。

「ありがとう、ひばりさん！　息子を受け入れてくれて」

「このまま一生独身で、あなたの幸せを陰ながら見つめる人生になっていたかと思うと……私たちはどうしたらいいか」

それは心配ですね……と返していいものか。

「晴臣さん。後でじっくり説明を聞かせてもらうとして、まずは私からひとつ」

「どうした？」

「あまりご両親に心配をかけてはダメですよ」

親孝行の前に、心配をさせない行動を心掛けてほしい。

とっくに成人済みなのだから、今後は安心させてあげなくては。いつまで経っても子育てが終わらないではないか……と、自分にもブーメランになる発言をしてみる。

お父さんお母さん、私も心配ばかりかけてごめんなさい。

「この人たちは心配するのが趣味みたいなものだから」

「それは息子さんが特殊すぎるからだと思う」

なんだか顔合わせで来たというのに、きちんと挨拶をするよりも前に変な空気になってしまった。

確かに晴臣が言っていた通り、息子の嫁に相応しくない！　と言われるような展開は避けられたけれど、今の状況も想定外である。

玖条夫妻は今にも涙を流しそうなほど私に感謝を述べた。厳格なご両親を想像していたのだけど、予想と違いとても気さくで、愛情深い人たちだった。

「一生片想いで終わるんだろうと思っていたから、本当にありがとう」

「私たちはなにも望まない。ふたりが仲良く幸せでいてくれたらそれでいい」

ここまで歓迎されるのも困るというか、戸惑うというか……。

私は営業用の笑顔を貼り付けて、「光栄です」と「こちらこそ」を駆使しまくったのだった。

長居をするつもりはなかったのだけど、出された紅茶とスイーツがおいしすぎて予定以上に長くいてしまった。お腹がパンパンに満たされている。

「なんというおもてなし力……欲望に抗いきれずに食べちゃった」

優雅なお茶会の空気にすっかり流されてしまい、本来の目的からは少しずれてしまった。

「息子さんを私にくださいってお願いしようと思ってたんだけど」

「それは聞きたかったな。まあ、あの人たちは二つ返事で「どうぞどうぞ」と言ったと思うけど。

いや、母は少し違うかもしれない」

「え？　やっぱり厳しい嫁チェックが入ったり？」

「いや、本当に俺でいいのかと再確認しただろう。玖条の男はちょっとめんどくさいから」

笑顔でさらりと言っているけれど、自分のことをめんどくさい男と認識しているということか……。

お父様は晴臣とよく似た顔立ちで今でもモテそうだと思ったけど、愛妻家でお母様に一途なようだった。

「めんどくさいという評価には具体的になにが含まれてるの？」

「一途すぎるところかな」

多分オブラートに包んでいる。詳しく確認するのはやめておこう。

時間は大分押したけれど、日が暮れる前には区役所へ向かい婚姻届を提出した。あっさり受理されて少々拍子抜けである。

「紙を一枚提出しただけだと結婚の実感は湧かないかも」

「実感が湧くのは徐々にだろうな。そういう意味でも結婚式は必要なんだと思う」

育ててくれた人たちへの感謝と、ふたりの絆《きずな》を作る儀式。新たに歩む道に幸せが多いことを願いながら夫婦としての一歩を進む。

「今から私は玖条ひばりか。ふふ、照れくさくて新鮮」

たくさん呼ばれたら慣れるだろうか。自分の苗字にも愛着はあったけれど、寂しさはあまり感じない。

「嫌じゃない？」

「全然。晴臣と同じになれてうれしい」

「ありがとう。名義変更の手続きは俺も一緒にやろう」

この場では気持ちだけいただいておくと返したけれど、あまりの手続きの多さに結局後日、晴臣に泣きつくことになった。

◆　◆　◆

結婚式の準備を進める中、東京国立博物館でフォトウエディングの前撮りを行った。

前撮りで人気のロケ地は東京駅だけど、そこは圭太と撮っていたので今回はパスした。ドラマや映画でも撮影に使われる博物館で贅沢に撮影してもらったのだ。

本番で着ない衣装を着られるのも前撮りの楽しみである。

本館の大階段で下りてきた晴臣はめちゃくちゃ映えた。思わず私も興奮気味にスマホで撮影するほどに。

カメラマンからはちょっと困惑されたけれど。花嫁まで撮影側に回るのは珍しかったのかもしれない。

そして八月の最終週に、私たちの結婚式の本番がやってきた。

幸い天候にも恵まれて、台風直撃などにならずに済んでホッとした。

チャペルの大きな窓からは緑豊かな木々を眺められて、森林浴をしている気分になれる。

この森の中の真っ白なチャペルというのが、子供の頃に読んだ絵本のようで好きだったのを思い出した。

「ひばりは純白よりも、肌馴染《なじ》みのいいアイボリーホワイトが上品でよく似合っているわ。とっても素敵ね」

「ありがとう、おばあちゃん」

大好きな祖母に褒められた。八十を超えてもまだまだ元気でうれしい。

祖母が元気なうちに結婚式を挙げたいという夢も無事に叶えられた。

「そのドレス、写真を見たときは少しシンプルすぎるんじゃない？　って思っていたけれど、まったくそんなことはないわね。よく似合ってるわ」

母から太鼓判を貰ったAラインのドレスは、デコルテに繊細なレースと刺繍が施されたエレガントなデザインだ。

胸元の谷間はしっかり隠れていて、カスミソウのような細かい刺繍が裾にまで広がり、印象をふんわりと柔らかくさせている。

もっとゴージャスなドレスも試着したのだけど、残念ながら私には似合わなかった。あと身長がもう少し高ければマーメイドドレスにも挑戦したかったところ。

控室の扉がノックされた。準備万端な新郎のお出ましだ。

わざわざファーストミートのサプライズまでは盛り込んでいないので、晴臣には直接控室に来てもらうように言っていたのだ。

「晴臣……」

「まあ～！　晴臣さん！」

「あらやだ、王子様みたいだわ！」

母と祖母に先を越されてしまった。テンション高く彼を取り囲んでいる。

「ありがとうございます」と笑顔で答えている姿を見て、なんだか感慨深い気持ちになった。自分の好きな人が家族に受け入れられるというのはうれしいし誇らしい。

彼は椅子に座る私をじっと見つめて微動だにしない。真顔で見つめられるとじわじわと汗をかきそうになる。

「な、なに？」

「このまま額縁に入れて飾りたいくらい綺麗だと思って」

指でフレームを作っている。この勢いで写真を撮られそう。

「晴臣さんったら、茶目《ちゃめ》っ気《け》まであるのね」と、母はニコニコ笑った。他の人には冗談に聞こえても、多分私と晴臣のご両親は聞き流せない。

邪魔者は退散すると言い残し、両親と祖母は控室から退室した。

部屋に残った彼はそっと私の手を持ちあげて跪《ひざまず》く。

「汚れちゃうよ？」

「このくらいは大丈夫。それよりも、俺は今日のこの日を君と迎えられて心の底から幸せだ」

指先にキスを落とされて、私の心臓がぎゅうっと縮んだ。鼓動がドクドクと速くて、声にならない感情がこみ上げる。

「ありがとう、ひばりちゃん」

「……っ！」

その笑顔を見た瞬間、朧気だった記憶が鮮明に蘇《よみがえ》った。

「ああ……ようやく思い出せた。結婚式ごっこのお兄ちゃん」

今までぼんやりしていた記憶は簡単に捏造できるほど曖昧なもので、顔まではっきりとしなかった。

写真を見せられても、そうだっけ？　くらいにしか思わなかったのに。今この瞬間、晴臣の顔と記憶の少年が一致した。

「そうだった。ひばりちゃんって呼んでくれてたよね。家族はみんな、ひいちゃんって言ってたから新鮮に聞こえたんだった」

「愛称の方で呼んだら、旦那様は名前で呼ぶものだと言ったのも覚えてる？」

「う～ん……？　でも言ってそう」

うちの両親はふたりとも名前で呼び合っている。結婚したら「ひいちゃん」は卒業だと思っていてもおかしくはない。

「私、晴臣からひばりちゃんって呼ばれるのが結構好きなのって、昔の思い出の欠片《かけら》が残っていたからかも」

「好きなら今後もひばりちゃんって呼ぼうか」

「ちょっと恥ずかしいので、ひばりでいいです」

人前では気恥ずかしい。なんとなく甘やかされている気分になる。

「さて、そろそろ移動の時間だ」

手を取られたままゆっくりと立ち上がる。ドレスを着るために踵《かかと》が高い靴を履いているので、いつもより晴臣との距離が近くなった。

「しまった。メイク前だったらな……」

「なにが?」

「口紅を塗る前だったら、晴臣の唇を奪うのにと思って」

今彼にキスをしたら色が移ってしまう。

「だから誓いのキスまでお預けだね……って、ンッ!」

言った傍から唇を奪われた。

触れるだけの軽いキスでもしっかり彼の唇が色づいている。

「悪いけど、待てはできない性分なんだ」

親指で唇を拭う仕草がセクシーすぎだ。

「情けないことを堂々と言うのはどうかと思うけど」

次こそは私から不意打ちを食らわせてやりたい。そんな気合いを入れて、挙式に挑んだ。

◆　◆　◆

親族と、限られた親しい人のみを呼んだ式は小ぢんまりしたもので、思っていた以上に濃密な時間を過ごせた。

思い出の結婚式と同じく、挙式の後はガーデンウエディングで開放的な雰囲気を楽しんでもらった。

イメージカラーは私が好きなターコイズブルーと淡いピンク。そしてアクセントにゴールドも使用した。

メルヘンチックな色合いが可愛らしくて、ゴールドでエレガントに仕上げていただいて大満足だ。

プロのセンスに脱帽である。

緑豊かなロケーションにおいしい食事。

ゲストとの距離も近くて、全体的にカジュアルな披露宴になった。

格式の高い披露宴もゴージャスで素敵だけれど、リラックスできる披露宴の方が私たちらしい。

もちろん日除《ひよ》け対策もバッチリで、高齢の祖母にも楽しんでもらえた。

「はあ〜終わっちゃった……楽しかった〜！」

たくさん写真と動画も残して、大事な人たちと贅沢な思い出を作れた。

感動的な結婚式とは少し違うけれど、笑顔が溢れる式になったと思う。

お風呂で一日の疲れをとって、ベッドに寝転ぶと睡魔に襲われそう。

今夜は贅沢にスイートルームに宿泊している。広々とした空間とモダンなインテリアがオシャレすぎて、ただ寝るだけというのはもったいない。

できればゆっくり堪能したいところだけど、そろそろ体力は限界だ。

「前撮り撮影だってたくさんプロに写真を撮ってもらったし、動画にも残してもらったけれど。やっぱり本物の臨場感はすごいね」

「じゃあまたやる？」

晴臣がシャンパングラスを差し出した。いつの間にシャンパンボトルを開けたんだろう。ウェルカムドリンクはあったけれど。

「ありがとう。ちょうど喉乾いてたの。って、またやるって結婚式を？」

三回目は遠慮したい。さすがに準備が辛すぎる。

「ドレスアップしてレストランの貸し切り程度だったらいいけれど、一から挙式と披露宴は骨が折れるから一回で十分かな……」

本当に、結婚式は凝りだしたら際限がない。あれもこれもやりたくなるし、時間の枠が足りなくなる。

「たとえば結婚十周年のお祝いに、親しい人を集めて祝うのもいいと思う。バウリニューアルという言葉を聞いたことは？」

「バウ？　なんだろう？」

聞き馴染みのない言葉だけど、業界用語なのだろうか。

「簡単に言うと、結婚した夫婦が誓いを更新すること。つまり愛を確かめ合う儀式らしい。結婚数年目の夫婦が行う二度目のセレモニーという感じだな。欧米での文化で自由度が高くて、特に決まった形式はなくいつやっても自由だとか」

結婚三周年や五周年など、節目に行うパーティーだそう。子供が産まれた後にする人も多いんだとか。

「まだ日本ではあまり馴染みはないと思うが、今後はうちのチャペルでも大々的に広めていく予定だ。バウリニューアル用のプランがある式場は少ないから」

「へえ……いいね。すごく素敵！　何度でも愛を確かめ合うセレモニーだなんて、絶対素敵な思い出に残るね」

あれこれしきたりがないのであれば、やれることは増えるだろう。

それこそ三年目はカジュアルなホームパーティーを催し、五年目はもう少しグレードを上げて、十年目はチャペルで誓いあうというのもアリだ。

さっきまではもう三度目の結婚式とか考えられないと思っていたのに、現金にも想像だけでワクワクしている。

数年後に新たなセレモニーを一緒にできるというのは気持ちも引き締まりそう。

「親しい人たちを誘ってたくさん記念撮影をして、賑やかに過ごすのもいいね」

「海外でふたりきりという手もあるが。まあ、ふたりとは限らないけど」

飲み終わったグラスを取り上げられた。できればもう一杯飲みたいが、それよりも早く晴臣が私に覆いかぶさってくる。

「あの、するの？」

「まさかしないつもり？　初夜なのに」

「いや、だってほら、たくさんしてるから……」

さすがに昨日は我慢してもらったけれど、一週間にほぼ毎日する夫婦は平均的ではないと思う。

絶対にお盛んだと思われるだろう。

「これでも平日は一回で我慢してるんだが」

「できれば金曜、土曜のみでお願いしたいところ」

「そうすると毎週末は外に出られなくなるぞ」

なんとも恐ろしいことを言う。求められてうれしいけれど、自分の体力に自信がない。

「君がどうしても嫌だと言うなら今夜は我慢する」

「嫌じゃないよ！」

咄嗟《とっさ》に反論すると、晴臣は微笑みながら私を抱き寄せた。

「よかった。それならなにも問題ないな」

「……っ！」

急に耳元で囁かれたら身体がぴくんと反応してしまう。腰に響くセクシーボイスは危険だ。

「でも明日も家族との予定があるからお手柔らかに……」

早めに部屋に切り上げたので、時間はまだ二十三時前。しっかり睡眠をとるとしたら二十四時過ぎは寝たいところ。

「善処しよう」

そのまま顔中にキスをされる。こめかみ、目尻、頬に鼻の頭まで。

「ん……くすぐったい。晴臣ってキス魔だよね」

肝心な唇は一番後に残しておくタイプだ。好きなおかずは最後まで取っておく人なのだろう。私は最初に食べたい派だ。

「だって最初からメインを食べたらもったいないだろう」

彼のもったいない理論はよくわからないが、唇をメインと考えていることにクスリと笑った。

「じゃあいただきます」

うかうかしていたら横から取られちゃうんだから。そんな悪戯心を込めて彼の唇にキスをする。

舌先で唇を舐めては突いて、隙間を空けさせた。

「ン……」

口から零れた吐息はどちらのものなのかはわからない。腰に回った腕の強さが私の心を震わせる。

もっと強くくっつきたくて、彼の力強さを感じたくて。舌を絡ませながら体重をかけた。

「……初夜から押し倒されるなんて思ってもいなかったんだが」

仰向けになった晴臣の上に寝転がる。唾液で濡れた唇が艶めかしい。

「積極的な私はお嫌い？」

「まさか。大歓迎」

チュッ、とついばむようなキスを皮切りに、ふたたび繋がりを深めていく。

キスに相性があるとか考えたこともなかったけれど、晴臣とのキスは一番気持ちいい。余計なことは頭から消えて、ふわふわとした心地にさせてくれる。

「ふぁ……ん」

ぴちゃぴちゃとした唾液音が響く。淫靡《いんび》な水音を聴いているだけで、身体の奥から官能が引きずり出されそう。

パジャマの裾から晴臣の手が滑り込んだ。腰から背中を直接撫でられて肌が粟立つ。

「あ……ん」

「肌すべすべ。ここの入浴剤は気持ちよかった？」

「うん、すごくよかった」

ホテルに泊まったときの楽しみのひとつはアメニティである。豊富なアメニティグッズは目を楽しませてくれるだけじゃなくて、しっかり実用的だ。

しっとりもっちり肌になれたのは入浴剤だけじゃなくてボディークリームのおかげでもあるんだけど、どちらも使うのが正解だろう。

「晴臣は？　泡風呂にでもした？」

「俺ひとりで泡風呂は面白すぎるだろう」

絵面的に似合うと思うけど、それを言うなら薔薇《ばら》風呂の方がぴったりかも。

「薔薇の花びらを浮かべることもできたけど、もったいなくて使えなかった。掃除も大変そうだし」

「じゃあ明日の朝使おうか」

チェックアウト前に朝から薔薇風呂って、ちょっとハードルが高すぎませんか。

ふたりでお風呂に入るというのは気恥ずかしさが勝る。

「晴臣が入っているところを私が堪能するという手も」

「なんでだよ。覗き見される趣味はないんだけど」

ふたたびクスクス笑みが零れる。そんなたわいない話をしている最中も彼の不埒《ふらち》な手は止まらない。

気づけば胸元のボタンは外されて、今にもパジャマが脱げそうになっていた。

「いつもながら鮮やかすぎじゃない？」

「ひばりが無防備すぎるだけ」

「あ……んっ」

剥《む》き出《だ》しの胸に吸い付かれた。ドレスを着るから痣《あざ》をつけないように気を付けてもらっていたのに、もう解禁ということか。

「もう、晴……」

「ほんと、魅力的すぎてたまらない」

「ンア……ッ」

胸の尖りをぺろりと舐められた。そんな刺激だけで、私の身体は敏感に反応してしまう。

「可愛いな、ひばりちゃんは」

「や……なんか言い方がいやらしい」

「可愛いって褒めたのに」

褒めながら胸に吸い付かれると、下腹がズクンと大きく疼いた。このままでは借りもののパジャマまで汚してしまう。

私が上になって主導権を握ろうとしても結局は晴臣のいいように翻弄されるのだ。彼の手で肌を撫でられるだけで、頭はふわふわして身体は敏感になってしまう。

赤い果実をキュッと指で摘まれて、反対側は口に含んで舌先で転がされた。お腹の奥がきゅんと収縮し、自分ではコントロールできない声が零れる。

「あぁ……ン、ふぁ……ッ」

下腹に当たる晴臣の欲望もとっくに硬い。これを早く埋めてほしいけれど、されるだけは嫌だ。

そっとパジャマの上から硬い雄を撫でた。晴臣の身体がビクンと反応する。

「こら、ダメだ」

「なんで？　私も気持ちよくさせたい」

手のひらでまさぐるだけでどんどん硬さが増していく。男性の生理現象は未知すぎて未だによくわかっていないけれど、下半身は別の生き物説ってあると思う。

「ン、ちょっと、待て」

眉根を寄せて耐える表情がとても色っぽい。余裕のない顔が見られるなんて、妻になった私だけの特権に思えてくる。

「待たない」

にっこり笑い、隙を見て身体を下方向へずらした。

「ひばり……っ」

慌てた様子の晴臣を無視し、下着ごとずり下ろす。

「……っ」

ズルンと解放されたそれは勢いよく反り上がり、ビキビキとした筋まで雄々しく見えた。血管が浮き上がり、先端はぷっくりと涙が浮かんでいる。

「そんなまじまじと見るものじゃないから」

はあ、と溜息混じりに呟かれた。恥ずかしすぎるのか、片手で顔を覆っている。

「あまりうまくできないけれど……頑張るね」

そう宣言して、今にも零れそうな雫《しずく》を舐めとった。

「……ッ！」

ささやかな刺激だけでビクンと跳ねる彼の分身が愛おしい。

私の拙い愛撫《あいぶ》で気持ちよくなってほしい。

片手で付け根を支えながら思い切って先端を口に含む。

ご立派な楔をすべて飲み込むことはできないけれど、舌を使って裏筋を舐めて、時折強く吸い付いた。同時に柔らかそうな袋を刺激したら、晴臣は耐えきれない喘《あえ》ぎを漏らす。

「ク、ア……ッ」

「らひていいよ？」

はむはむと口にしながら射精を促すも、彼はなかなかに強情だ。私の口の中で射精するのは屈辱だとでも思っていそう。

彼の目はほんのり潤みを帯びて、耳の先端は赤い。照れと恥ずかしさと気持ちよさがないまぜになったような表情が私の中のなにかを満たす。

ああ、可愛い。

いつもはかっこいいのに、私に主導権を握られているときの晴臣はこんなにも可愛いなんて反則すぎないか。

よし、ラストスパート！　と謎の闘志を燃やしたところで、されるがままだった晴臣の反撃を食らってしまった。

「妻ばかりに気持ちよくさせられるなんて不甲斐ない。たっぷり啼《な》くまで寝かせないから」

「……ナクの漢字はどっち？　って、きゃあ！」

ゴロンと身体を仰向けにさせられた。

大人ふたりがダイナミックに動いてもまだスペースがあるキングサイズのベッドが頼もしいやら憎らしいやら。いや、床に落ちなくて助かった。

「待って、晴臣？　なにを……」

パジャマのズボンをスポン！　と脱がされた。一応新しく下ろした下着も、あっという間に脱がされる。

「あ……そんな、いきなりズルい……！」

身体の中心部、愛液を零すそこに吸い付かれた。彼の雄を咥える前からしっとり濡れていたそこは、すぐにでも晴臣を受け入れられそう。

「ンン――ッ！」

晴臣は容赦なく花芯に吸い付き、軽く歯を立てる。

こぷり、と奥から蜜が零れた気配がした。

「あ……まって、ダメ、いっちゃ……っ」

直接蜜を啜られて、指先で敏感な突起を刺激される。両脚は晴臣にがっしりと抱えられているため、ささやかな抵抗としてバタつかせることしかできない。

「たくさん達して。俺に可愛い顔を見せて」

「や……アァ……ッ！」

抵抗虚しく、敏感な身体は快楽に抗えない。

階《きざはし》を駆けのぼり、真っ白な世界へ誘《いざな》われた。

「――ッ！」

びくびくと四肢が痙攣《けいれん》する。

一瞬の浮遊感の直後、思考は靄《もや》がかかったように薄れていく。

「ああ、可愛い」

うっとりと囁かれた声が鼓膜に届く。私のみっともない顔を可愛いと言うのは彼くらいだろう。

「叶うことなら全部食べてしまいたい」

それは比喩じゃなかったら怖いのでやめていただきたい。

そんな恐ろしい呟きとともに、晴臣はふたたびぺろりと蜜を舐めて啜った。

「ん……ぅ」

「そんなとろんとした顔、他の男に見せたらダメだよ？」

浮気をする予定はまったくないと言うのに、まるで嫉妬のようなことを言う。

彼は揃いのパジャマの上半身を脱いで、一糸まとわぬ姿になった。

「……晴君も、私以外の女の人に喘いだらダメ」

「そんな状況にはならないが」

「キスも、手を繋ぐのもダメだからね？」

「それをしたいと思うのはひばりちゃんだけだ」

その言葉を信じよう。

同居直後に決めた契約結婚のルールは近々更新予定だ。きちんと愛がある者同士の結婚でも、書面に残しておくのは有効だと思うから。

「女性とふたりきりにもなっちゃ嫌って言ったら、重い？」

旦那がイケメンすぎると女性の影がチラつくから、心配すぎてしんどくなりそうという話はあちこちで聞いた。男は浮気をする生き物だと思っておいた方が楽だということも。

でも、きっと晴臣はよそ見をしない。なにせ子供の頃の初恋を執念で叶えた男だから。

「重くない。むしろもっと俺を縛ってほしい」

別の意味に聞こえそうな怪しい発言だ。束縛を好むなんて私とは正反対。

「困った旦那様……」

「ひばりに嫉妬されたらうれしすぎてどうにかなりそう」

そんな問題発言をしながら、蜜口に彼の分身をあてられる。

「君が嫌ならゴムをつける。ひばりはどうしたい？」

避妊をするかしないか。

その決定権を私に委ねてくれたところに私へのリスペクトを感じる。

子供はいつかほしいかもしれない。それはきっと今ではない。

でも……、と私の本能が欲望を口にする。

「このままちょうだい？　今日だけ、そのままを感じたい」

もしもたった一度で子供に恵まれたらそれも運命だ。子供を授かった奇跡を後悔することも嘆くことも絶対ない。

晴臣の瞳は欲望と理性の狭間《はざま》で揺れている。

彼は私の希望通りにしたいと言っていた。子供を産むか産まないかも私次第だと。

「本当に？　もしもこれで子供ができてもいいのか？」

「うん。そのときは覚悟が決まるだけ」

わかった、と呟いた直後。彼の楔が挿入された。

「あ……っ」

隔たりがないだけでなにかが変わるなんて思ってもいなかったけれど、直に彼の温度を感じている気がする。

「ひばり……あまり締め付けないで」

「ごめ……でも、無理」

最奥まで到達する。

無意識に晴臣を求めていたようだ。身体の奥からキュンキュンが止まらない。下腹が勝手に収縮し、迎え入れただけで喜びが湧き上がる。

これは本能が勝手に雄の精を搾り取ろうとしているからか。避妊具がないだけで感じ方が違うのも、私の身体が激しく彼を求めているから。

「そんなに俺がほしかったの？」

理性を総動員させて微笑む彼が愛おしい。額にじんわり浮かんだ汗もセクシーだ。

「うん、そうみたい」

晴臣の首に腕を回す。

こうして顔を見ながら繋がるのが一番気持ちいい。

「はぁ、困った。そんなに素直で可愛いと、俺が暴走する」

ドクン、と中の欲望が一回り大きくなったのは気のせいか。痛みはなくても内臓を圧迫する感覚はまだ慣れない。

晴臣は「動くぞ」と宣言して律動を開始した。パチュンと淫靡な水音が響き、肉を打つ音も羞恥心を煽る。

「あ、あぁ、ン、アァ……ッ」

いつもより繋がりを強く感じる。もっと近づけたような気がして、それが私の感度を上げているようだ。

「中のうねりがすごい……持って行かれそう」

晴臣の興奮も伝わってくる。

彼も私と同じ気持ちだったらいいと思いながら、抱きしめる腕にギュッと力を込めた。

触れられるすべての箇所が気持ちよくて心地いい。彼の手で肌を撫でられるだけですべての神経が集中しそう。

「晴君、好き……」

「……っ、君は本当に煽るのがうまい」

ぐちゅん！　とひと際大きな水音が響いた。隘路《あいろ》を埋める欲望がさらに膨張する。

「アァ……ッ」

「もう離さないから……」

弱いところを何度も攻められて、最奥を刺激される。

互いの熱が混ざり合い溶けてしまうんじゃないかと思った瞬間、彼のものがぶるりと震えた。

「……ッ！」

「ン――ッ！」

ドクンドクン、と脈を打っているみたいだ。

胎内に吐き出された精がじんわりと広がって行く。

「あぁ……」

言葉にならない充足感が心地いい。心も身体も満たされていて、ひとつになれた喜びがこみ上げてきた。

「ひばり……好きだよ」

見つめ合ってキスをする。

シーツに縫い付けられた手はいつの間にか指を絡めていた。

「この気持ちが永遠に続いたらいいね……」

「うん、努力しよう」

互いを思いやって尊重し合えたら、きっとすれ違うことは避けられるのではないか。

ときには意見が食い違うこともあるし、譲れないところもあるだろう。それでも根気よく話し合うことができたら、ちょうどいい落としどころが見つかるはず。

「まずは結婚三周年を目指そうね」

そして十年、二十年と思い出を重ねていきたい。

「結婚五十周年でも八十過ぎか。それまで何度でもセレモニーをやろう」

次はどんなのがいいだろうか。そう考えると、ふたりで歩む時間はワクワクが尽きない。

「だがそんな未来のことよりも、今はまだひばりちゃんを味わいたいんだが」

「え……あ、あれ？」

そういえばゴムをつけていないから一度も抜かれていない。いつもならすぐに処理をするのに、その必要性がないってことで……。

「なんでもう復活してるの？」

「するだろう、普通」

少し照れたように眦《まなじり》を下げたが、意味がわからない。私の乏しい経験では、抜かずに二発というのは現実ではないと思っていたが。

「晴臣は、絶倫ってやつなの？」

「うーん、どうだろう。何回までできるか検証してみる？」

「いいです、結構です！」

絶倫が一体何回以上を指すのかわからないけれど、上限は二回までにしておきたい。

「でも今夜は手加減するって言ってたよね……？」

時刻は二十四時まであと三十分残っていた。思ったより時間が経っていない。

「手加減してもあと一回はできるね」

上体を起こされて、晴臣の上に乗せられた。彼はこうして抱きしめるのが好きらしい。

「お風呂は朝に入れば大丈夫」と謎の宣言をされて、私は三回戦まで付き合うことになった。

# エピローグ

結婚式から数日後の夜。

ひばりの入浴中に、晴臣はプライベート用のスマホのロックを解除した。

使い慣れたＳＮＳのアカウントを開く。もう十年以上も続けているそのアカウントは、たったひとりをフォローするために作ったものだ。

【くもすずめ：無事に結婚式終わりました！　皆さん本当にありがとう！】

鍵付きのアカウントに、ガーデンウエディングの光景が投稿されていた。人が写っていなくても賑やかな空気が伝わってくる。

『素敵な結婚式ですね。おめでとうございます！』

つい先日、その場に当事者として参加していたことを隠して、晴臣はお祝いのメッセージを送った。彼女の長年のフォロワーかつ、ひとりの友人として。

――ずっと正体を隠してひばりのＳＮＳのフォロワーになっていたと知ったら、さすがに気持ち悪がられるかな。

ＳＮＳのアカウント名、Rumi. というのは晴臣のユーザー名だ。Haruomi から適当に作った名前である。

ひばりが高校生でスマホを持ち始めた頃から密かに相互のフォロワーになっていた。

当初はまだネットリテラシーが低く、アカウントに鍵をかけていなかった。ファーストネームをそのまま使用して高校の同級生をフォローしていた。

一応顔は出さないようにしていたが、投稿された写真からどこで撮ったものかが容易にわかった。写真に写りこんだ些細なヒントを拾い上げればおのずとどこの近くで撮られたものか、どの学校に通っているかまで推測できた。

そして彼女のフォロワーを数人辿れば、そのアカウントがひばり本人だということもすぐにわかった。元々通っていた学校名は把握していたため、あとは確証がほしかっただけ。

ひばりが好きなバンドを呟けばすぐに新曲を聴き、好きなアニメやドラマも全部見てきた。そして共通の趣味がある年上のお姉さんという架空の人物を作りあげて、彼女の懐に潜り込んだのだ。

「うん、我ながら気持ち悪いな」

スイッと画面をスクロールさせる。タイムラインはひばりの投稿ばかりだ。一応カモフラージュのために他のアカウントや芸能人もフォローしているが、それらはすべてミュート済み。

彼女の信頼を得てから鍵付きのプライベートアカウントに招待されるまで、そう長い時間はかからなかった。

離れていてもずっとひばりの傍にいたことを、彼女は知らない。知らせるつもりもない。

大学に入って彼氏ができたことも、就職をしたこともリアルタイムで知っている。仕事で疲弊したときは励まして応援して、幸せを見守ってきた気持ちに嘘偽りはない。

このまま一度も会ったことがないけど頼れるお姉さんというポジションでいたい。ひばりとの約束に「嘘はつかない」というものがあるが、隠し事については入れていない。

——なにも言わずにアカウントを削除したら、ひばりが悲しむかもしれない。

それにこのアカウントは彼女の本音を知るのに有効だ。

柳内圭太からの裏切りを知らされたときも、ひばりがＳＮＳに軽井沢へ行くことを投稿したから。

晴臣は急いで新幹線に飛び乗ることができたのだ。

偶然の再会は偶然ではなくて、ただタイミングよく行動しただけ。ずっと見守ってきたひばりが傷ついているなら、今こそ自分の出番のはずだ。

その結果が今の幸せなら、長年の努力が実を結んだということだろう。法を犯してはいないのだからセーフである。

——運命の再会なんて奇跡は滅多に起こらない。

でもタイミングを逃さなければ運命を作ることはできる。

「晴臣～お風呂空いたよ！」

「うん、ありがとう」

濡《ぬ》れ髪《がみ》のまま無防備に歩くひばりをじっと見つめる。

ワンクリックでアカウントは削除できる。だがまだそのタイミングではない。

晴臣はスマホの電源を落とし、キッチンで水分補給をするひばりを呼んだ。

「ひばり、おいで。髪の毛乾かしてあげる」

「え？　そう？　ありがとう」

もう少しだけ、ネットの世界からも彼女を見守っていてもいいだろう。

気持ちよさそうに髪の毛を乾かされる愛しい妻を見つめながら、晴臣は幸せを噛みしめるのだった。

# あとがき

こんにちは、月城《つきしろ》うさぎです。ルネッタブックス様より三冊目を出させていただきました。

今作は結婚式に憧れる傷心中のヒロインと、子供の頃の逆プロポーズに心を奪われてしまったヒーローのラブコメです。

『はじめましてでプロポーズ!? 交際0日なのにスパダリ御曹司の甘やかしが止まりません！』のタイトルの前半は、きっと晴臣にとっても同じ感想になりますね。

テーマが結婚式なので、主人公二人は互いの結婚観について語り合いますが、これは人の数だけ考え方があるよねって思っています。

ヒロインのひばりは式の一か月前に婚約者の浮気が発覚し、浮気相手に結婚式を譲る羽目になりますが、そこから結婚とは？　幸せとは？　を、改めて考えていきます。

作中では誓約書を作ることで、結婚と離婚の負担を軽くさせてます。これは欧米ではよくある婚前契約書（プレナップ）を元にしてます。結婚生活の取り決めをあらかじめ相談しておくことで揉《も》め事やストレスを軽減できるのではないかと。

結婚した時は同じ歩幅で歩いていたけれど、もしもそのうち足並みがそろわなくなって、そろえることも難しくなったら。円満にお別れを選択することも幸せのひとつではないでしょうか。

様々な考え方がありますが、私は結婚とはお互いが一番の味方でいるという契約だと思っているので、主人公二人も家の中が最も安らげる場所になっていてほしいと思います。

エピローグが少々不穏でしたが……今まで晴臣はSNSの中でひばりの味方でいましたが、夫となった後はアカウントをどうするのかは作者にもまだわかりません。彼女ならブロックもせずに割り切って受け入れる気も……事実を知られないのが一番平和で幸せかもしれません。

あと皆様気になるかもしれないので一応報告を……晴臣はDTでした。一途な初恋です。

カバーイラストを担当してくださった西《にし》いちこ様、セクシーで美麗なふたりがイメージぴったりです。ありがとうございました！　視線の強さがたまりません。

担当編集者のH様、今回も大変お世話になりました！　いつもありがとうございます。

校正様、デザイナー様、書店様、営業様、そして読者の皆様、ありがとうございました。楽しんでいただけたらうれしいです。

そして最後にルネッタブックス様、創刊四周年おめでとうございます！　五周年、十周年とレーベルが続いていきますように。これからもよろしくお願いいたします！

ISBN978-4-596-76821-6 定価1200円＋税

ルネッタブックス

# はじめましてでプロポーズ!?

## 交際0日なのにスパダリ御曹司の甘やかしが止まりません！

2024年10月25日　第１刷発行　定価はカバーに表示してあります。

著　者　月城うさぎ　©USAGI TSUKISHIRO 2024

発行人　鈴木幸辰

発行所　株式会社ハーパーコリンズ・ジャパン
東京都千代田区大手町 1-5-1
04-2951-2000（注文）
0570-008091　（読者サービス係）

印刷・製本　中央精版印刷株式会社


ISBN978-4-596-71503-6